www.tredition.de

AF185436

ELSBETH WIEDERKEHR

***

BRIDGEREISE

Kriminalroman

www.tredition.de

Verlag und Druck: tredition GmbH, Halenreie 40-44,
22359 Hamburg

ISBN
Paperback: 978-3-7439-4350-6
Hardcover: 978-3-7439-4351-3
e-Book: 978-3-7439-4352-0

Grünwald, Freitag 1. November 2002, Allerheiligen

Linda und Alex kamen als Letzte im Gasthof Zur Blauen Traube an. Alle anderen Teilnehmer des neuntägigen Bridgekurses waren bereits eingetroffen. Um die Mittagszeit hatten die beiden das Flugzeug in München für den Flug nach Frankfurt bestiegen. Am Himmel braute sich ein Unwetter zusammen. Sie hätten auch mit dem Zug fahren können, aber Alex fand, dies würde zu lange dauern. Ausserdem feierten die Christen an diesem Tag Allerheiligen, und da waren die Züge stets überfüllt. Linda war schlecht, das Gewitter und die Turbulenzen hatten ihren empfindlichen Magen durcheinander gebracht. Sie war blass und fühlte sich elend. Als Kind war ihr auf Autofahrten übel geworden, obwohl sie auf dem Vordersitz neben dem Vater sitzen durfte. Die sonntäglichen Familienausflüge mit dem Wagen und insbesondere die lange Fahrt in die Sommerferien waren damals eine Qual für sie. Erst seit sie selber einen Wagen lenken konnte, war das Problem verschwunden.

Am Flughafen in Frankfurt hatte Alex einen Mietwagen reserviert und sie fuhren damit Richtung Trier. Der Gasthof Zur Blauen Traube lag in einem abgelegenen Weiler am Ende der Welt zwischen Mosel und dem Mittelgebirge Hunsrück. Es gab dort weder eine andere Gaststube noch irgendein Geschäft, nur weite Felder, dunkle Wälder und ein paar verstreute Bauernhöfe. Zuerst begegnete ihnen in dieser einsamen Gegend ein Rudel Wölfe. Kläffend und hechelnd rannten die Tiere hinter ihrem Wagen her und kratzten an der rückwärtigen Stossstange. Die Augen waren rot unterlaufen und aus den halb geöffneten Mäulern triefte der Speichel. Es war ein verstörender Anblick wie aus einem Horrorfilm. Alex trat aufs Gas. Eine Abgaswolke hüllte die keuchenden Bestien ein. Ihr wütendes Heulen drang durch Mark und Bein und mit hängender Zunge machten sie sich davon. Doch keine fünf Minuten später musste Alex abrupt abbremsen. Im Schein der Nebellampen tauchte plötzlich ein riesiger, weisser Elch auf und blieb in der Mitte der schmalen Landstrasse stehen. Alex hupte mehrmals, aber das Tier schaute ihn verwundert an, bis es sich schliesslich gemächlichen Schrittes auf die Wiese zu bewegte und dort die letzten Grashalme abknabberte.

„Die Leute sollten besser auf ihre Haustiere achten", sagte Linda.

„Welche Haustiere?"

„Na, zuerst diese zwei Hunde und jetzt noch eine Kuh mitten auf der Strasse, das geht doch nicht."

„Eine Kuh?" fragte Alex verdutzt.

„Ein Einhorn war es jedenfalls nicht!" lachte Linda.

„Ich dachte, es war ein Elch."

„Alex, du bist völlig überarbeitet, höchste Zeit, dass du endlich einmal Ferien machst."

„Ja, mag sein", murmelte Alex.

Linda und Alex waren Bridge-Anfänger und die unzähligen Regeln zum Lizit, Ausspiel, Alleinspiel und Gegenspiel waren für sie noch immer verwirrend. Vor allem das Lizit bereitet den wenig geübten Spielern Schwierigkeiten. Wie auf einer Auktion geben die Spieler Gebote ab und kämpfen dabei nicht um ein Bild oder einen anderen Kunstgegenstand, sondern um den Kontrakt. Die Gebote können mit einer Sprache verglichen werden, jedoch eine Sprache ohne Worte. Es sind auch keine Gesten, wie bei der Gehörlosensprache, vielmehr erfolgt die Kommunikation mittels Lizitkarten, welche in einer Bietbox stecken. Jede Lizitkarte zeigt eine Spielfarbe mit einer Skala von eins bis sieben und gibt dem Partner Informationen über Spielstärke und Spielkartenverteilung. Bei einer Sprache kann die Betonung den Sinn eines Wortes verändern. Beim Lizit hingegen geben die Reihenfolge und die Höhe der Nummernskala der Lizitkarten nuancierte Informationen. Aber nur wenn sich die Partner optimal verständigen und die gegenseitigen Gebote richtig verstehen, kommt der korrekte Kontrakt zustande und damit das Versprechen, eine gewisse Anzahl Stiche zu erzielen. Der Bridgekurs klang vielversprechend, und wenn die beiden auch nicht erwarteten, danach als Bridge-Profis nach Hause zurückzukehren, denn dazu brauchte es etliche Jahre Bridge-Erfahrung, so hofften sie doch, dass sie in diesen neun Tagen ihre Technik merklich verbessern könnten.

Es war grau und nieselte, als Linda und Alex am späten Nachmittag endlich den Gasthof Zur Blauen Traube erreichten und ihre Fahrt auf dem breiten Parkplatz hinter dem Gebäude beendeten. Ein Kiesweg führte zum Backsteinhaus, einer düsteren Villa aus einer Mischung von neugotischem und neubarockem Stil. Über einem markanten Erdgeschoss mit grossen, von Pilastern umrahmten Fenstern folgte das erste Obergeschoss mit schmaleren Fenstern und hölzernen Fensterkreuzen. Aus dem darüber liegenden Kranzgesims ragten steinerne Fratzen heraus mit fletschenden Reisszähnen und spitzen Hörnern wie die geflügelten Dachreiter auf der Notre-Dame in Paris. Fehlt nur noch der Glöckner, dachte Linda bei sich. Über dem vorspringenden Dach, wo früher die Dienstboten wohnten, bildete das Mansardengeschoss den Abschluss. Schmale, eckige Türmchen und Schornsteine ragten wie feindselige

Spiesse aus der Dachlandschaft, dazu bereit, jeden Angriff aus der Höhe abzuwehren. Über der breiten Eingangstüre ragte eine riesige, steinerne Maske aus der Mauer hervor. Fleischige Nasenflügel, langgezogene Ohren und grimmige Augen mit wulstigen Augenbrauen starrten dem Besucher entgegen. Der runde Bogen über dem Eingangsportal bildete den Mund des Ungetüms, welches jeden Eintretenden erbarmungslos verschluckte. Die Villa wirkte in dieser abgelegenen Einöde geheimnisvoll und verwunschen, beinahe irreal. Alex holte das Gepäck aus dem Kofferraum, und die beiden gingen hinüber zum Haus. Die Rollen der Koffer blieben immer wieder an den Kieselsteinen hängen und schlitterten eher über den Boden als dass sie rollten. Linda blieb abrupt vor dem Eingangsportal stehen.

„Kennst du den Palazzo Zuccari in Rom?" fragte sie Alex.

„Keine Ahnung, noch nie davon gehört. Warum?"

„Dieses Portal ist eine Kopie der Eingangstür des Palazzo Zuccari. Er steht oberhalb der Spanischen Treppe bei der Piazza della Trinita dei Monti. Der Palast stammt aus dem 16. Jahrhundert. Federico Zuccari, ein italienischer Maler, liess ihn erbauen. Ist dir Angelika Kaufmann ein Begriff?"

„Ja, auch eine Malerin, soviel ich weiss?"

„Richtig! Sie war eine bekannte Porträtmalerin im Achtzehnten Jahrhundert und wohnte gegenüber dem Palazzo Zuccari. Man sagt, ihr Wohnhaus war durch eine Passage mit dem Palazzo verbunden. Übrigens, auch Goethe ging bei Angelika Kaufmann ein und aus als er in Rom weilte."

„Hatte sie ein Verhältnis mit Goethe?"

„Ich weiss nicht, ich glaube nicht. Obwohl, er soll ein häufiger Gast in ihrem Hause gewesen sein. Und ihr zweiter Ehemann war vierzig Jahre älter als sie. Ihr erster Mann war ein Heiratsschwindler und hat sich mit all ihren Ersparnissen davon gemacht. Im Palazzo Zuccari soll zudem ein Freund von ihr gewohnt haben."

„Daher die Verbindungspassage! Undurchsichtige Verhältnisse im Achtzehnten Jahrhundert in Rom!" lachte Alex. „Wer weiss, was uns hier in der Kopie jenes Palastes erwartet! Dann lass uns mal durch das grausige Maul den Palazzo Zuccari im Hunsrück betreten. In Rom wäre das Klima allerdings bedeutend angenehmer als in dieser Gegend!"

Die Eingangshalle mit der Rezeption war menschenleer. Das Licht war gedämpft. Auf der Schranke neben der Tür stand eine Vase mit künstlichen Blumen, daneben eine Tischklingel mit einem Schild *Bitte läuten*. Linda drückte die Klingel. Aus dem Nebenraum kam eine junge Frau mit blondem, gelocktem Pferdeschwanz. Sie war sehr mager und trug enge Jeans und eine weite, lilafarbene Bluse. Das Gesicht war hübsch mit grossen, braunen Augen und geschwungenen Augenbrauen, aber die Lippen waren sehr schmal und wirkten ein wenig verkniffen.

„Sie wünschen?" fragte die junge Frau misstrauisch.

„Linda Behrend und Alex Silberschmid, wir sind für den Bridgkurs angemeldet."

Die Frau blätterte in einem Ordner und holte eine Liste hervor.

„Sie sind die beiden letzten Teilnehmer, die anderen haben bereits eingecheckt. Mein Name ist Petra. Ich bin hier für alles zuständig ausser fürs Kochen. Wenn Sie irgendwelche Wünsche haben, wenden Sie sich an mich."

Petra erwähnte nicht, dass sie ihr Jurastudium abgebrochen hatte und daher seit einem Jahr hier im Gasthof arbeitete. Ihr Vater war ausser sich, als er es erfuhr. Er hatte eine Anwaltspraxis in Trier und hatte gehofft, seine einzige Tochter würde bei ihm einsteigen und die Praxis nach seiner Pensionierung weiterführen. Er war zwar ein sogenannter Wald- und Wiesenanwalt, nicht auf ein bestimmtes Gebiet spezialisiert, und er übernahm auch Pflichtverteidigungen. Trotzdem, die Praxis lief nicht schlecht und er hatte einen soliden Ruf. Petra langweilte das Studium mit der trockenen Paragraphenbüffelei und noch mehr hatte sie die ewigen Belehrungen ihres Vaters satt, ebenso die vorwurfsvollen Blicke ihrer Mutter. Sie zog aus dem Elternhaus aus und suchte sich einen Job. Mit Hermann, dem Gasthofbesitzer, verstand sie sich sehr gut. Der Job war abwechslungsreich, sie war für die Rezeption zuständig, bediente die Gäste beim Essen und abends arbeitete sie an der kleinen Bar im Salon. Auch die Buchhaltung von Hermann hatte sie übernommen, denn diese befand sich in einem desolaten Zustand. Für die Reinigung der Zimmer hatten sie eine Frau angestellt, welche im nahe gelegenen Trübenbach wohnte und stundenweise arbeitete. Hermann war zwar etliche Jahre älter als Petra und ausser Kochen hatte er kaum andere Interessen, aber er war ein ruhiger Typ und akzeptierte sie so, wie sie war, und nörgelte nicht ständig an ihr herum.

„Sie können noch zwischen drei Zimmern auswählen", informierte sie die neuen Gäste. „Ein Zimmer befindet sich im Haupthaus, die anderen beiden im Nebengebäude. Wollen Sie die Zimmer zuerst sehen?"

Linda nickte. Sie folgten Petra eine breite, geschwungene Treppe hinauf in die obere Etage. An den Wänden im Treppenhaus hingen Zeichnungen und Aquarelle. Durch einen Gang gelangten sie zu den Zimmern. Der hölzerne

Fussboden knarrte. Petra öffnete eine Tür auf der linken Seite.

„Dies ist das Rote Zimmer, das einzige Zimmer im Haupthaus, welches noch frei ist. Wie gesagt, die anderen Kursteilnehmer haben ihre Zimmer bereits gewählt."

Die Wände des Zimmers waren mit Holztäfer verkleidet und in einem dunklen Rot gestrichen. Auch die Decke war rot und die schweren, dunkelbraunen Sichtbalken drückten die Zimmerdecke hinunter. Neben dem Fenster hing eine Kohlezeichnung. Eine ausgemergelte Frau hielt ein totes Kind in ihren Armen. Linda schaute sich befremdet um, sie fühlte sich unbehaglich in diesem Raum, die Balken erinnerten sie an einen Galgen.

„Gibt es Internet im Zimmer?" erkundigte sich Alex. Er hatte sich zwar zum ersten Mal seit Jahren neun Tage freigeschaufelt, aber seine Geschäfte waren allgegenwärtig. Er würde auch zwischen Bridgeunterricht und Bridgeturnieren mit seinen Kunden und Angestellten kommunizieren. Ein Treffen mit einem Geschäftsführer war ebenfalls geplant und sobald der Bridgekurs zu Ende war, würde er nach Luxemburg zu einer Konferenz fahren, danach ging es weiter nach Indien und dann nach Japan.

„Wir haben Internet in den Zimmern im Haupthaus", antwortete Petra, „im Nebengebäude nicht, da müssten Sie den Laptop herüberbringen und in der Bibliothek im Ostflügel der Villa arbeiten."

Alex murmelte etwas Unverständliches und schaute sich kritisch im Zimmer um. Er prüfte die Härte der Matratze und warf einen Blick ins Badezimmer.

„Ich zeige Ihnen nun noch die beiden anderen Zimmer und dann können Sie entscheiden, wo Sie wohnen möchten."

Die drei gingen zurück durch den Flur, die Treppe hinunter und über den Hof zu einem Fachwerkhaus.

13

„Das war einst das Gesellenhaus. Es gab hier früher ein Sägewerk. Der Patron und seine Familie wohnten in der Villa, die Angestellten des Werks hier drüben im Gesellenhaus."

Die Treppe war ausgetreten und schief. Ein gemusterter Läufer kaschierte das billige Holz von Treppe und Diele.

„So, das wäre das Blaue Zimmer und daneben sehen Sie das Grüne Zimmer." Petra öffnete zwei Türen nebeneinander.

Linda hatte sich bereits entschieden. Das Blaue Zimmer war zwar klein, aber freundlich eingerichtet mit einer niedrigen Kommode neben dem Schrank und einem ovalen Wandspiegel darüber, eingefasst mit einem verschnörkelten Holzrahmen. Neben dem kleinen Fenster stand ein altmodischer, blauer Samtsessel und an der Wand hing eine Kopie von einem Bild des österreichischen Malers Gustav Klimt, eine leuchtende Sonnenblume vor einem blauen Hintergrund. Blau war Lindas Lieblingsfarbe. Auch zu Hause hatte sie in ihrem Schlafzimmer blaue Vorhänge und einen blauen, chinesischen Teppich mit einem Blumenmuster in sanften Rosa- und Grüntönen. Sie hatte den Teppich von ihrem Onkel geerbt. Die Räume im Gasthof und im Nebengebäude wirkten nicht wie Hotelzimmer, sondern waren individuell eingerichtet, wie in einem Privathaus.

„Alex, ich brauche kein Internet, und wenn doch, kann ich in die Bibliothek hinübergehen. Wenn du das Zimmer im Haupthaus willst, ist das für mich in Ordnung. Ich würde gerne das Blaue Zimmer nehmen."

„Wirklich, Linda? Ich bin dir so dankbar. Macht es dir wirklich nichts aus, im Nebengebäude zu wohnen? Ich brauche das Internet dringend, du weisst schon, die Videokonferenzen mit China und den USA und die Familie."

„Kein Problem", lächelte Linda.

Noch am selben Abend, nach dem gemeinsamen Nachtessen, fand das erste Bridgeturnier statt. Alle Kursteilnehmer sassen zu viert an den mit grünem Filz überzogenen
Bridgetischen. Wie bei anderen Kartenspielen sitzen die
Partner einander gegenüber. Jeder Spieler hat neben sich
die Bietbox mit den Lizitkarten, jeder Tisch hat eine Nummer und ebenso jedes Bridge-Paar. Luise, die Bridgelehrerin, verteilte die Boards mit den Bridgekarten. Sie ging von
einem Tisch zum anderen, legte die Boards in die Mitte des
Tisches und erklärte, welches Paar jeweils am Ende einer
Runde den Tisch wechseln musste. Die Atmosphäre war
ruhig und gleichzeitig angespannt. Linda liess ihren Blick
über die anwesenden Spieler gleiten. Insgesamt zwölf Personen nahmen an dem Kurs teil, die meisten aus Deutschland, zwei Frauen kamen aus Holland, eine Frau aus Österreich, eine andere aus Tschechien und ein Mann aus Polen.
Linda und Alex sassen mit den beiden Holländerinnen am
selben Tisch. Zwei ältere, sympathische Damen, beide mit
blond gefärbten, kurz geschnittenen Haaren, hellblauen
Kaschmirpullovern und grauen Flanellhosen. Sie waren
Schwestern, Lieke und Fenna aus Den Haag. Nur der
Schnitt der Pullover unterschied die beiden voneinander.
Fennas Pullover hatte einen Rollkragen, darüber trug sie
eine doppelreihige Perlenkette. Lieke mochte lieber Pullo-
ver mit V-Ausschnitt und darunter eine Bluse. Der Rand
des Ausschnitts und auch der Abschluss der Ärmel waren
mit einer feinen, gehäkelten Bordüre in derselben Farbe
wie der Pullover verziert. Die zwei Schwestern waren in
Indonesien geboren und spielten seit ihrer Jugend Bridge.
Nach der Unabhängigkeit des Landes kehrten ihre Eltern
mit ihnen nach Holland zurück. Sie hatten nie in einem
Club gespielt, sondern immer nur im privaten Rahmen mit
Freunden und Bekannten. Sie spielten nicht schlecht, aber

in den letzten Jahrzehnten hatten sich die Spielregeln im Bridge stark verändert und so hatten sie beschlossen, sich in diesem Kurs auf den neusten Stand zu bringen. Am Nebentisch klapperte die einzige Österreicherin, Anja, eine Witwe aus Wien, nervös mit ihren diamantbesetzten Armreifen. Ihr rechtes Augenlid hing leicht hinunter. Sie trug ein elegantes, doppelreihiges Kostüm von Christian Dior. Schwere Perlen wanden sich träge um ihren faltigen Hals und breite Goldringe mit Rubinen und Smaragden zierten mindestens sechs ihrer knochigen Finger. Ihr polnischer Bridgepartner, Drago - er vertrat während mehreren Jahren Polen bei den internationalen Bridgemeisterschaften - musterte kritisch die anderen Teilnehmer, abschätzend ob eine ernstzunehmende Konkurrenz darunter sei. Er war bezahlt für seine Dienste und die gnädige Frau erwartete von ihm, dass sie jeden Abend als Sieger aus dem Turnier hervorgingen, auch wenn sie selber noch so viele Fehler machte und ihn damit manchmal zur schieren Verzweiflung trieb. Bekleidet war er mit einem dunkelblauen Blazer, darunter trug er ein weisses Hemd ohne Krawatte, am Handgelenk eine Rolex aus Edelstahl und Gelbgold. Er begegnete dem Blick von Linda und zwinkerte ihr zu, wobei sein rechter Mundwinkel leicht zuckte. An seinem Tisch sass zudem ein älteres Ehepaar, Gerlinde und Arik aus Heidelberg. Am Tisch links von Linda und Alex erkannte Linda die Biologin aus Mainz, Angelika. Sie hatte beim Abendessen neben Alex gesessen und die ganze Zeit mit ihm geschäkert. Gerne hätte sie das Turnier mit Alex gespielt, aber da war diese dämliche Linda. Obwohl die beiden scheinbar nur befreundet waren, wich er kaum einen Schritt von ihrer Seite. Zu schade, gegen ein kleines Bridge-Abenteuer wäre nichts einzuwenden, dachte sie. Sie hatte sich in ihre engsten Leopardenhosen gezwängt und trug ein tief ausgeschnittenes, schwarz-goldenes T-

Shirt, das ihre prächtige Oberweite bemerkenswert betonte. Ihr Mann hockte ständig auf irgendwelchen Berggipfeln und starrte durch sein Teleskop auf die Sterne. Für sie hatte er nur wenige Blicke übrig. So hatte sie sich eben dem Bridge zugewandt und hielt Ausschau nach einem netten *Bridge and Breakfast Partner*, wie sie es nannte. Luise, die Bridgelehrerin und Turnierleiterin, verkuppelte die schwarz-goldene Mainzerin mit einer magersüchtigen, alten Ärztin aus Berlin, welche katastrophal spielte, aber trotzdem alles besser wusste. Angelika rollte mit den Augen und nahm schicksalsergeben gegenüber von dem Klappergestell mit dem germanischen Namen Heidrun Platz. An ihrem Tisch sassen zudem Gabriela und Edmund Becker aus Hamburg, ein Ehepaar. Die beiden wirkten neureich und leicht überheblich.

Das Turnier hatte kaum begonnen, als es zu einer lautstarken Auseinandersetzung zwischen der Wienerin und dem Ehepaar Gerlinde und Arik Heimer kam. Die gnädige Frau beschuldigte Gerlinde, dass sie ihrem Mann Zeichen gäbe. Gerlinde hatte während des Spiels mit dem rechten Zeigefinger ihren Ehering, der mit einem hochkarätigen Diamant verziert war, berührt, und ihr Mann hatte darauf den König von Karo, „King of Diamonds", ausgespielt. Die Wienerin hielt dies für einen untrüglichen Hinweis auf die Spielfarbe Karo und war überzeugt, dass die beiden schummelten und sich durch Zeichen verständigten. Gerlinde, eine eher rundliche Frau mittleren Alters, schrie mit schriller Stimme, sie hätten solche Mätzchen nicht nötig. Im Übrigen sei es lächerlich, dass eine Anfängerin mit blau lackierten Fingernägeln einen Bridgekurs zusammen mit einer bezahlten Bridge Koryphäe besuche. Die langen Fingernägel von Gerlinde waren rosa lackiert. Drago grinste,

Arik lief rot an und rückte seine schwere Hornbrille zurecht. Die Wienerin warf die Karten auf den Tisch und weigerte sich, unter diesen Umständen weiterzuspielen.

Angelika neigte sich zu Alex hinüber, blickte ihm tief in die Augen und meinte, „wenn wir zusammen spielen würden und ich an mein Herz fasse, dann dürfen Sie raten, was das heisst."

Luise, eine herzensgute Frau in einem bunten, selbstgestrickten Pullover, war von der Situation überfordert. Nervös trat sie von einem Bein auf das andere, blickte hilflos im Raum herum und wusste nicht, was sie tun sollte. Da erhob sich Alex. In seinem Betrieb mit unzähligen Angestellten stand er immer wieder vor schwierigen Situationen und hatte noch immer einen Ausweg gefunden.

„Meine Damen und Herren", begann er mit ruhiger Stimme. „Ich schlage vor, wir alle mischen nochmals die Karten, tauschen die Plätze, und beginnen noch einmal von vorne. Und meine Damen, achten sie drauf, weder an Diamanten noch an ihr Herz zu fassen, auch wenn Diamanten die besten Freunde einer Frau sind!" dabei zwinkerte er Frau Gerlinde Heimer schelmisch zu. „Bridge ist ein wunderbares Spiel, aber es ist nicht das Leben. Wir sind hier, um unsere Bridgekenntnisse zu vertiefen und uns zu amüsieren, nicht wahr Petra. Bitte öffnen Sie zwei Flaschen Weisswein und bringen sie allen Teilnehmern ein Glas, das geht auf meine Rechnung. Und nun schlage ich vor, dass sich die Nord-Süd-Spieler erheben und einen Tisch weitergehen, wie beim Sesseltanz!"

Die ganze Gesellschaft war beeindruckt und applaudierte. Luise fiel ein Stein vom Herzen. „Ein wunderbarer Mann", hauchte Heidrun, Angelika verliebte sich definitiv in Alex und Drago grinste schon wieder und nickte anerkennend zu Linda hinüber. Plötzlich meldete sich Manfred,

ein älterer, gepflegter Herr mit rosa Hemd und lindengrü-
ner Fliege zu Wort. Er wohnte in Frankfurt und spielte zusammen mit Radka, einer energischen Tschechin, welche
ihm beim Essen die Brösel vom Hemd wischte und seinen
Schal oder die Krawatte zurechtrückte. Er erhob sein Glas,
prostete den Bridge-Leuten kokett zu und charmant, wie
einst Marilyn Monroe, sang er mit professioneller Stimme
das bekannte Lied:

Diamonds are a girl's best friend!

Alle lachten und spendeten Beifall. Manfred strahlte
und verbeugte sich mehrmals. Arik streichelte die Hand
seiner Frau. Die Situation war nun definitiv gerettet. Der
Abend verlief ohne weiteren Zwischenfall und die gnädige
Wienerin und Drago gewannen das Turnier mit Abstand.

Grünwald, Samstag 2. November 2002, Allerseelen

Am nächsten Morgen begann der Theoriekurs um zehn Uhr. Alex erschien spät zum Frühstück. Er war blass und wirkte zerstreut.

Hat wohl wieder die halbe Nacht gearbeitet, dachte Linda und goss sich die dritte Tasse Tee ein. Sie trank jeden Morgen drei Tassen Schwarztee und ass nur wenig. Wie sollen seine Söhne, die ebenfalls im Konzern arbeiten, erwachsen werden, wenn der Papa immer allgegenwärtig ist? Aber sein Vater hatte es genauso gemacht, er hatte bis zuletzt die Geschäftsleitung in den Händen gehalten. Erst nachdem er gestorben und Alex bereits mehr als fünfzig Jahre alt war, ging die Leitung der Firmen an ihn über. Alex hatte dies mit Gleichmut hingenommen, obwohl der Erfolg und die globale Expansion des Unternehmens ihm zu verdanken war. Alex und Linda kannten sich seit dem Studium. Alex war ein langsamer Student gewesen. Er hatte ständig Probleme mit dem Magen und Haarausfall. Trotz seiner reichen Eltern hauste er damals in einem kleinen, ebenerdigen Zimmer mit einer Herdplatte neben dem Klo. Seine *Höhle* war unter den Studienkollegen ein beliebter Treffpunkt für mitternächtliche Feten. Man sass auf dem Boden, hörte Musik und liess den Joint kreisen. Wenn allmählich die berauschende Wirkung nachliess, kam der grosse Hunger. Auf der kleinen Herdplatte neben dem Klo wurden Spaghetti gekocht. Es dauerte ewig, bis das Wasser endlich heiss genug war. Erst im Morgengrauen machten sich die Freunde jeweils still und leise auf den Heimweg, um die Hauseigentümer über dem Zimmer von Alex nicht zu verärgern. Das Ehepaar war schon älter und hatte wenig Verständnis für die feiernde Jugend. Niemand hätte damals gedacht, dass Alex der erfolgreichste Geschäftsmann von allen werden würde.

„Lass uns nach dem Mittagessen ein wenig spazieren gehen und die einsame Gegend erkunden", sagte Alex und rührte zerstreut in seinem Kaffee. „Ich verstehe nicht, warum Luise, unsere Bridgelehrerin, diesen abgelegenen Ort ausgewählt hat, und dies im November. Im Frühling ist es sicher ganz hübsch hier, wenn all die Obstbäume im Garten blühen, aber jetzt in dieser grauen Jahreszeit?" Alex schüttelte den Kopf.

„Offenbar kennt sie den Besitzer, den Hermann. Er soll ein ausgezeichneter Koch sein. Ausserdem hat ihn seine Frau vor einem halben Jahr verlassen. Dies soll ihn sehr mitgenommen haben, sagte Luise, und sie will ihm mit diesem Kurs in seinem Gasthof ihre Unterstützung und Solidarität zeigen."

„Ach wirklich, woher weisst du das?"

„Gestern Abend in der Bar war die Rede davon. Die Frau hat ihn plötzlich verlassen und niemand weiss, wo sie jetzt ist."

„Und ist nie wieder aufgetaucht?"

„Anscheinend nicht."

„Genau wie der erste Ehemann von Angelika Kaufmann im Palazzo Zuccari in Rom. Hat sie auch die Ersparnisse mitgenommen?"

„Davon hat Luise nichts gesagt. Mit dem ersten Ehemann wohnte Angelika Kaufmann aber in London."

Alex kaute bedächtig auf einem Stück Brot herum. Angelika, die sinnliche Bridgespielerin aus Mainz, winkte ihm vom anderen Ende des Frühstückssaals zu. Er lächelte, verschluckte sich dabei und begann fürchterlich zu husten.

Linda rollte mit den Augen. „Du musst dich beeilen, der Bridgeunterricht fängt gleich an. Essen, nicht schäkern, und schon gar nicht mit dieser aufgetakelten Biologin!"

Alex grinste verlegen und ass ausnahmsweise etwas weniger und etwas schneller als üblich. Trotz seinem hektischen Geschäftsleben liess er sich gerne Zeit für das Essen. Jeden Bissen vierzigmal kauen, hatte seine Tante früher gesagt. Das regt die Produktion der Magensäure an und macht schneller satt. Sie wusste wovon sie sprach, sie war im Zweiten Weltkrieg beinahe verhungert.

Die beiden verliessen die Gaststube und gingen in das daneben liegende, niedrige Gebäude, wo jeweils am Morgen der Bridgeunterricht stattfand. Die Wände waren aussen mit Efeuranken überwuchert, und nur die kleinen Fenster mit den weissen Fensterrahmen blickten wie eckige Augen aus dem grünen Pflanzenmeer hervor. Dieses kleine Nebenhaus bestand aus einem einzigen, ebenerdigen Saal. Es war kühl dort drinnen, weder die Holzwände noch die Fenster waren isoliert. Linda beneidete Luise um ihren dicken Pullover. Sie strickte für ein Magazin und durfte die Modelle jeweils behalten. Dieses Exemplar glich einem Skipullover, blau, grau und weiss gestreift und in einem komplizierten Muster gearbeitet. Der weiche Rollkragen reichte ihr bis übers Kinn. Alle Kursteilnehmer sassen bereits zu viert an den Tischen. Nur bei dem Ehepaar aus Görlitz, Gerlinde und Arik, waren noch zwei Stühle frei, und Luise winkte Linda und Alex an diesen Tisch heran. Die beiden lächelten Alex erfreut an. Die Wienerin und Drago nahmen nicht am Unterricht teil, sie spielten nur am Abend das Turnier.

Nach dem Mittagessen trafen sich Linda und Alex zum Spaziergang. Sie hatten sich in dicke, wattierte Jacken eingepackt. Alex trug eine graue Wollmütze und Linda hatte einen dicken, dunkelblauen Schal um ihren Hals gewickelt. Alex war nur wenig grösser als Linda. Die Luft war feucht und neblig, aber es regnete nicht mehr. Die beiden gingen die Dorfstrasse hinauf und bogen dann nach links in einen

Feldweg ein. Soweit man sehen konnte, gab es weit und breit kein Gebäude, nicht einmal einen Stall oder eine Scheune. Nur die Felder mit den abgemähten Stoppeln dehnten sich auf beiden Seiten des Pfades bis zum Horizont aus. Dazwischen lagen brachliegende Äcker. Die braunen, aufgeworfenen Erdklumpen hoben sich farblich von den verdorrten, gelben Halmen ab, der einzige Kontrast in dieser weiten Einöde. Linda und Alex gingen schweigend nebeneinander her, ihr Atem zeichnete kleine Wolken in die kalte Luft.

„Ich träume nie", unterbrach Alex plötzlich die Stille, „und wenn, dann kann ich mich nie an meine Träume erinnern. Aber heute Nacht hatte ich einen grauenhaften Traum und ich sehe noch immer alles glasklar vor mir."

„Was hast du geträumt?" erkundigte sich Linda.

„Es war entsetzlich." Alex machte eine Pause.

„Ich lag allein in meinem Ehebett. Du weisst, meine Frau und ich sind seit einiger Zeit getrennt. Dann waren meine beiden Söhne auch im Bett. Plötzlich fing es an zu regnen. Ich hatte mich aufgesetzt und fühlte Tropfen auf meinen Schultern. Sie rannen über meinen Rücken hinunter auf die Bettlaken. Aber es waren keine Regentropfen, das Leintuch färbte sich rot. Es war Blut! Ich blickte hinauf zur Decke und von dort tropfte das Blut herunter. In meinem Zimmer hat es dicke Querbalken, und auch von diesen Balken floss Blut herab und bildete rostrote Tümpel auf dem Boden. Mir standen die Haare zu Berge und mein Herz raste. Dann bin ich zum Glück aufgewacht und habe das Licht angeknipst. Es war alles so real, dass ich zuerst nicht sicher war, ob das Ganze nur ein Traum oder Wirklichkeit war.

„Daher warst du am Morgen so blass", bemerkte Linda.

Heute Morgen habe ich dann zu Hause angerufen, um zu fragen, ob alles in Ordnung ist. Aber es ist nichts passiert, alle sind wohlauf."

„Heute ist Allerseelen, an diesem Tag sind die Schleier zwischen der Welt der Lebenden und dem Totenreich besonders dünn, daher wird heute den Verstorbenen gedacht", sagte Linda.

„Ich kann mich nicht erinnern, dass ich je in meinem Leben einen solchen Traum gehabt habe. Das war so wirklich, so real, das kannst du dir nicht vorstellen."

„Beschäftigt dich die Trennung von deiner Frau?"

„Das habe ich mich auch gefragt, aber ich sehe da keinen Zusammenhang. Wir sind nicht erst seit gestern getrennt."

Sie gingen schweigend weiter und kamen zu einem Wald. Tannen und Fichten standen dicht beieinander. Während Jahrhunderten ernährte der Wald im Hunsrück die Menschen. Das Holz diente als Baumaterial und zum Heizen der Hütten, Pilze und Beeren wurden gesammelt und mit Schlingfallen fingen die Bauern Hasen. Unter den hohen Tannen war es dunkel und nasskalt. Nebelfetzen hingen zwischen den Ästen. Um die Baumstämme rankten sich Misteln und Efeu und am Boden kroch dunkelgrünes Moos über die Steine. Es roch nach Moder. Ein Trampelpfad führte zu einem Weiher. Rechts davon erstreckte sich der Schilfgürtel des angrenzenden Flachmoors. Verdorrtes Laub schwamm auf der glatten Wasseroberfläche. Es begann zu nieseln.

„Im Zweiten Weltkrieg wurde in dieser Gegend die Hunsrückhöhenstrasse gebaut, auf Befehl von Göring", sagte Alex. „Sie führte zur französischen Grenze. In den Wäldern errichteten die Nazis einen Feldflugplatz und zerstörten dabei keltische Hügelgräber. Auch ein Konzentrationslager für Männer gab es hier, zwar ohne Gaskammern. Die Häftlinge wurden erschossen und im Wald verscharrt."

„Ich bin froh, dass ich nicht in jener Zeit geboren bin und dass meine Eltern damals im Ausland waren. Ich weiss nicht, ob ich den Mut gehabt hätte, gegen den Strom zu schwimmen. Die beiden Kusinen meiner Mutter lebten in Hamburg. Der Ehemann der einen hätte seine Arbeit verloren, wenn er nicht in die Partei eingetreten wäre. Was sollte er tun? Er musste seine Familie ernähren, sie waren nicht reich. Er konnte dann bei der Musik mitmachen, irgendeine Musikkapelle, das war noch relativ harmlos."

„Im Nachhinein ist es immer einfacher zu urteilen, das ist schon so", sagte Alex. „Auch die Aufteilung der Aufgaben auf viele verschiedene Befehlsempfänger hat den systematischen Völkermord möglich gemacht. Der eine hat die Leute verhaftet, das war ein Befehl, er musste es tun. Ausserdem hatten seine Vorgesetzten bestimmt einen Grund, wenn sie die Leute verhaften liessen. Der nächste brachte sie zum Bahnhof. Er tat nichts Böses, er hat sie nur zum Bahnhof gefahren. Und wieder ein anderer hat sie zum Zug gebracht und darauf geachtet, dass sie in die Viehwagen einstiegen. Und wenn sie nicht einsteigen wollten, dann musste man eben nachhelfen, Befehl war Befehl. Auch der Zugführer sah sich nicht als schlechter Mensch, er hat nur den Zug gefahren, er hat niemandem etwas Böses getan."

„Dieser Mechanismus funktioniert bis heute", sagte Linda. „Solange der einzelne nicht direkt die Verantwortung für sein Tun übernehmen muss, ist er zu vielem fähig. Es gibt Experimente mit Stromstössen. Ein weissgekleideter Arzt befiehlt einer Testperson, eine andere, vermeintliche Testperson mit einem Stromstoss zu bestrafen, wenn

jene eine Aufgabe nicht richtig lösen kann. Die Strom-
stösse werden von Mal zu Mal stärker. Es ist unglaublich,
wie weit die meisten dabei gehen. Wenn man sie nach dem
Experiment fragt, was sie sich dabei gedacht hatten, da sie
das Leben der anderen Person gefährdet hatten, dann war
meist die Erklärung, sie hätten auf Befehl des Arztes gehandelt und diesem vertraut. Der Arzt habe die Verantwortung für das Experiment und der wisse, was er tue."

Die beiden verweilten einen Augenblick am Rand des
Weihers. Silberne Möwen glitten über das Wasser und
braunschwarze Raben flatterten zwischen den hohen Tannen. Ihr Kreischen drang durch Mark und Bein. Am Ufer
war der Weiher gefroren, einzelne Fische steckten im Eis
fest.

„Wenn die Landschaft hier eine Familie wäre", sagte
Linda, „wie stellst du dir diese Familie vor?"

Alex schaute überrascht auf. „Du bist eine Träumerin,
Linda."

„Warum? Solche Übertragungen sind spannend. Stell
dir diese Landschaft als Familie vor. Diese Familie hat Leichen im Keller. Sie haben Dinge getan, welche sie nicht
wahrhaben wollen und daher haben sie diese vergraben.
Die Kinder durften nichts davon erfahren. Einzelne Ereignisse und Zeitabschnitte werden ausgeblendet, verschwiegen. Genau wie die toten Häftlinge hier unter der Erde."

„Genau wie in Wirklichkeit. Viele Deutsche verschwei-
gen ihren Kindern, dass sie Hitler zugejubelt und den ganzen Irrsinn unterstützt haben", ergänzte Alex.

„Und die abgemähten Kornstoppeln, an denen wir vorher vorbeigekommen sind, sind ihre Träume, die sie nie
verwirklicht haben", fährt Linda fort.

„Und was bedeutet der Wald?"

„Die hohen, dunklen Bäume sind die Probleme, die im
Leben den Weg versperren und das Licht verdunkeln. Die

Familie muss sich zwischen den Stämmen hindurch kämpfen, um vielleicht doch irgendwann auf eine Lichtung zu gelangen. Das Moor, das alles verschluckt, sind die Fallen, die auf dem Lebensweg lauern."

„Und der Teich?"

„Das Unterbewusstsein. Trüb und undurchsichtig wie unsere geheimen Wünsche und Sehnsüchte. Die Oberfläche glitzert in der Sonne, aber darunter versteckt sich vieles, das wir selber nicht kennen oder nicht erkennen wollen. Dinge, die manchmal in unseren Träumen an die Oberfläche gelangen und uns erschrecken oder erfreuen."

Die beiden kamen zum Ende des Weihers. Linda blieb stehen. Aus dem aufgeweichten Boden und dem nassen Gras stieg die Feuchtigkeit empor und kroch in die Kleider. Linda war noch nie eine leidenschaftliche Spaziergängerin gewesen, zudem liebte sie die Wärme. Sie hatte einen tiefen Blutdruck und fröstelte schnell.

„Ich denke, wir sollten zurückgehen", sagte sie. „Ich will nicht noch stundenlang weitergehen, ausserdem ist mir kalt."

Alex nickte. Sie gingen durch den Wald zurück und erreichten wieder den Feldweg. Die Wolken hingen tief und der Boden war matschig. Nach einer Weile kamen sie zu einer Verzweigung.

„Wenn wir hier hinunter gehen, kürzen wir den Weg ab", sagte Alex.

Linda war einverstanden, sie fror und wollte möglichst schnell in ihr warmes Zimmer. Der Weg führte zum unteren Teil des Weilers, vorbei an einem Kuhstall. Der Stall war leer. Auf der einen Seite standen Melkmaschinen neben einer gekachelten Wand. Milchschläuche und Zitzen-Becher baumelten auf einem langen Gestell. Auf dem Betonboden stand ein Eimer und über dem Rand hingen Gummihandschuhe. Der Stall war dunkel und wirkte gespenstisch.

„Wie ein verlassener Operationssaal", bemerkte Linda.

„Oder ein Behandlungszimmer in einem Irrenhaus. Diese Gegend wäre wie geschaffen dafür. In dieser Einsamkeit gäbe es keine Zeugen. Die Ärzte und das Pflegepersonal könnten mit den Insassen tun, was immer sie wollten, Zwangsjacken, Elektroschocks, Bäder in eiskaltem Wasser." Alex grinst schelmisch.

„Hör bloss auf damit", entsetzte sich Linda. Sie schauderte und beschleunigte ihre Schritte. Sie war froh, als sie endlich in der Ferne die Umrisse des Gasthofs erblickte. Die kahlen Obstbäume streckten die Äste wie nackte Arme in den Nebel und die dunkle Silhouette des geheimnisvollen Hauses beugte sich vor dem fahlen Himmel über die beiden, als sie leicht durchfroren in die Gaststube hineingingen.

Man konzentrierte sich auf den Bridgekurs und auf das Essen in der abgelegenen Villa in Grünwald. Hermann, der Gasthofbesitzer, war gleichzeitig auch der Koch. Ein ausgezeichneter Koch, wie sich herausstellte. Die ernsthaften Mienen der Bridgespieler hellten sich merklich auf, sobald ihnen Hermann eine Lammterrine oder ein zartes Hasenfilet mit Burgundersauce servierte. Wenn der gebratene Lachs mit cremiger Riesling-Buttersauce auf ihren Zungen zerfloss, verstummten sogar die schnippischen Bemerkungen über die Spielfehler des Partners oder der Gegenpartei. Selbst Anja, die alte, mit Diamanten behangene Wienerin, verzog ihr griesgrämiges Gesicht zu einem Anflug von Lächeln. Sie sprach selten. Dafür war Drago, der Superspieler aus Polen, umso gesprächiger. Er scherzte mit der Bridgelehrerin und flirtete mit Linda.

An diesem Abend fand kein Turnier statt. Linda und Alex gingen nach dem Abendessen in die Bibliothek, um die neuen Bridge Regeln zu repetieren. Die Bibliothek lag im Ostflügel des Hauses. Ein breiter, imposanter Kamin zog die Blicke der Eintretenden auf sich. Er befand sich am oberen Ende des langgestreckten Zimmers. Auf dem mit zwei geflügelten Sphingen verzierten Kaminsims stand ein fünfarmiger Leuchter. Darüber, auf dem gemauerten Abzug, hingen zwei gekreuzte Degen. Auf dem Boden vor der Feuerstelle lag ein Leopardenfell. Der präparierte Kopf mit Glasaugen und fletschenden Zähnen starrte den Besuchern entgegen. Linda und Alex waren allein im Raum.

„Ich finde dieses Haus seltsam", sagte Linda, nachdem sie sich eine Weile mit den neuen Bridge Regeln herumgequält hatte. „Es ist zwar sorgfältig eingerichtet und die Wände sind mit Stichen und Aquarellen geradezu tapeziert, aber irgendwie erscheint mir alles tot, beinahe ein wenig unheimlich."

„Hier am Ende der Welt würde man weder einen Leoparden noch so viel Kunst erwarten", meinte Alex und stupste mit dem Fuss gegen die Schnauze des Leoparden. Dieser rührte sich nicht, glotzte aber die beiden weiterhin mit stierem Blick und aufgerissenem Rachen an.

„Woher wohl dieser Leopard kommt? Ist auch nicht mehr angebracht, so etwas zur Schau zu stellen."

„Der ist uralt", meinte Linda. „Das Fell sieht etwas mitgenommen aus, die Ohren sind zerfetzt und unten links fehlt der Reisszahn. Ich habe zu Hause noch ein kurzes Cape aus Affenfell von meiner Grossmutter. Ihr Bruder war Botschafter in Afrika und hat es einmal geschenkt bekommen. Früher waren solche Geschenke üblich, meine Grossmutter ging mit dem Cape in die Oper. Ich habe es einmal anprobiert, es passt!"

„Linda im Affen-Cape", scherzte Alex.

„Hast du das Foto im Speisesaal gesehen, mit dem Herrn im schwarzen Anzug und Hut neben den beiden jungen Mädchen? Das war der ursprüngliche Eigentümer dieses Hauses und seine beiden Töchter."

„Ja, ist mir aufgefallen", erwiderte Alex, „auch etwas eigenartig, dass Familienfotos in einem Speisesaal herumhängen, der nun nicht mehr als Esszimmer der Familie dient, sondern für fremde Gäste bestimmt ist."

„Die ganze Familiengeschichte ist merkwürdig. Auch diese Doppelhochzeit."

„Welche Doppelhochzeit?" fragte Alex neugierig.

„Hast du nicht zugehört, als Luise gestern Abend in der Bar die Geschichte erzählt hat? Wohl wieder mit der Biologin aus Mainz herumgeflirtet!"

„Quatsch, sie ist nett, aber verheiratet. Erzähl jetzt, was war das für eine Geschichte?"

„Nun, die Frau von diesem schwarz gekleideten Mann, Gerber hiess er, starb nach der Geburt des zweiten Kindes. Irgendwann, als die beiden Mädchen erwachsen waren, tauchten zwei Männer auf und hielten um die Hand der beiden Töchter an. Niemand kannte sie, sie kamen von Hannover und waren an Holz interessiert. Dieser Gerber hatte eine Sägerei und war sehr reich. Beide Töchter heirateten am selben Tag je einen dieser Fremdlinge. Das war kurz vor dem Ersten Weltkrieg."

„Und dann?" fragte Alex.

„Die Sägerei ging Bankrott und die Familie verarmte."

„Und was geschah mit den beiden Töchtern und dem Haus?"

„Davon hat Luise nichts erzählt. Wahrscheinlich wurde das Haus verkauft. Hermann hat es von einem kinderlosen Onkel geerbt."

„Schön für ihn", bemerkte Alex. „Komm wir gehen noch in die Bar zu den anderen und nehmen einen Schlummertrunk. Es schläft sich dann besser in diesem einsamen Hotel, erinnert mich irgendwie an den Film Shining von Stanley Kubrick."

„Na ja, ganz so schlimm ist es hier auch wieder nicht", meinte Linda.

Der ehemalige Salon des Hauses war für den Gasthof in eine gemütliche Bar umfunktioniert worden. An der rechten Wand befand sich eine kleine Theke mit fünf runden Barhockern. Gläser und Flaschen standen hinter der Theke auf gläsernen Tablaren und verdoppelten sich in der dahinter liegenden Spiegelwand. Kleine, runde Tische und bequeme Sessel aus dunkelblauem Samtstoff verteilten sich auf den schweren Perserteppichen. Die hellblauen Samtvorhänge waren zugezogen und in dem gedämpften Licht wirkte die elegante Umgebung wie aus einer längst vergangenen Zeit. Kaum hatten Linda und Alex die Bar betreten, stürzte sich sogleich Angelika auf Alex und nahm ihn für sich in Beschlag. Drago war leider nirgends zu sehen. Vielleicht erzählt er der österreichischen Witwe eine Gutenachtgeschichte, dachte Linda. Stattdessen sassen an einem der Tische Gabriela und Edmund und winkten Linda zu sich heran. Sie hätte sich lieber mit den beiden Holländerinnen unterhalten, welche an der Theke standen, aber Linda wollte nicht unhöflich sein und setzte sich zu dem Ehepaar aus Hamburg.

„Wir haben gehört, dass Sie bei Blumenfeld arbeiten", wandte sich Gabriela mit wichtiger Miene an Linda.

„Aber Schätzchen, lass doch die Dame zuerst etwas zu trinken bestellen", unterbrach Edmund seine Frau. „Darf ich etwas für Sie holen?"

„Gerne ein Glas trockenen Weisswein", sagte Linda.

Edmund ging an die Bar und kam mit einem Glas Riesling zurück.

„Wir kennen die Galerie Blumenfeld", sagte er und setzte sich neben Linda. „Wir haben auch schon dort bestellt." Edmund zog leicht die Augenbrauen in die Höhe.

„Kennen Sie die römischen Porträtstatuen?" fragte Gabriela verzückt lächelnd.

„Ja, sicher", antwortete Linda. „Sie dienten den römischen Kaisern zur Selbstdarstellung."

„Nicht nur", belehrte sie Edmund. „Und es wurden auch nicht nur Männer dargestellt."

Er wechselte einen vielsagenden Blick mit seiner Frau, welche leise kicherte.

Linda hatte verstanden. Seit dem ersten Jahrhundert nach Christus verbreiteten sich die römischen Frauenporträts mit individualisierten Zügen und Modefrisuren. Nicht nur die Frauen der römischen Kaiserfamilie wurden dargestellt, auch andere, finanziell erfolgreiche Gesellschaftsschichten liessen sich porträtieren. Dabei kam es auch zu ausgefallenen Darstellungen für die privaten Schlafzimmer wohlhabender Römer. So wurde etwa auf die nackte Venusstatue der Porträtkopf einer Römerin gesetzt, oder ein reicher Privatmann verwandelte sich in den göttlichen Herkules. Vor Lindas Augen erschien Gabriela in weissem Marmor, leicht bekleidet und mit einem Schwan spielend, daneben der nackte Edmund, wie er den Nemeischen Löwen würgt!

„Und für welches Sujet haben Sie sich entschieden?" fragte sie scheinheilig.

„Ach, wissen Sie, mein Mann ist ein passionierter Jäger und wir beide lieben Wildschweinbraten", säuselte Gabriela. „Und da haben wir uns gedacht, Herkules und der Erymanthische Eber würden gut zu Edmund passen. Bei Blumenfeld fanden wir einen wunderschönen römischen

Torso und ein Bildhauer hat den Kopf mit den Zügen von Edmund dazu angefertigt. Bildschön!"

„Aha", meinte Linda amüsiert, „und der Eber?"

Nun ergriff wieder Edmund das Wort. „Ich habe einmal einen riesigen Keiler erlegt, knapp 200 Kilogramm schwer. War nicht einfach, das können Sie mir glauben. Nicht wahr, Gabriela Schätzchen, du bist erschrocken, als du das Tier gesehen hast."

Gabriela stimmte ihrem Mann zu und lächelte.

„Diesen Keiler liessen wir ausstopfen und der steht nun neben Herkules in unserem Schlafzimmer!" sagte Edmund. „Ein eindrückliches Ensemble von hohem künstlerischem Wert und mythologischem Gehalt. Der berühmte griechische Künstler Lysipp hätte es nicht besser gemacht."

Linda blickte die beiden ungläubig an. „Wirklich?" brachte sie hervor und musste krampfhaft das Lachen unterdrücken. Unglaublich, welche Ideen Leute mit zu viel Geld haben, dachte sie. Armer Lysipp, hoffentlich hat er nichts gehört, er würde sich mindestens dreimal im Grabe umdrehen. Er war der bedeutendste griechische Bildhauer im vierten Jahrhundert vor Christus und er hatte die Heldentaten des Halbgottes Herakles, bei den Römern Herkules genannt, in Bronze gegossen. Herakles war berühmt für seine Unerschrockenheit. Er hatte dem Nemeischen Löwen das Fell abgezogen und trug seither dessen Kopf als Helm. Den Erymanthischen Eber hetzte er bis zur Erschöpfung und brachte ihn lebendig – nicht ausgestopft – nach Mykene. Selbst Zerberus, den Höllenhund, überwältigte er in einem gigantischen Ringkampf und entführte ihn aus der Unterwelt. Nun war es nicht mehr Herakles, sondern Edmund, der den Kampf mit dem Eber aufgenommen hatte! Linda wollte lieber nicht wissen, was der Bildhauer mit

Gabriela Schätzchen angestellt hatte und gähnte demonstrativ.

„Ich bin furchtbar müde", entschuldigte sie sich und erhob sich schnell.

Sie verabschiedete sich von den beiden und inspizierte nochmals das Familienfoto mit dem alten Herrn und den beiden Töchtern im Speisesaal. Schwarzweissfotos haben oft etwas Geheimnisvolles an sich, dachte sie, und ging dann hinüber ins Gesellenhaus in ihr Zimmer.

Grünwald, Juli 1911

Das ganze Haus war mit Rosen geschmückt. In allen Räumen standen sie in Kübeln, Krügen und Vasen, auf den Tischen, auf den Fensterbrettern und auf dem Boden. Sie strahlten in den verschiedensten Rottönen von Hellrosa bis Dunkelrot und versprühten einen süsslichen, verführerischen Duft. Die Sonne leuchtete durch die Fenster, im Garten blühten die Hortensien und sogar eine kleine Kapelle spielte auf dem Kiesplatz vor dem Haus. Die Hausmädchen eilten in weissen, gestärkten Schürzen und Hauben treppauf und treppab. Die Köchin war schweissgebadet, zwei Bauernmädchen aus der Umgebung halfen ihr beim Zubereiten des Festmahls. Das ganze Haus vibrierte vor freudiger Erregung und Erwartung der bevorstehenden Hochzeitszeremonie. Nur Moritz, der alte, taube Hausdiener, arbeitete ruhig und in seinem gewohnten Tempo. Er hatte vor gut zwanzig Jahren bereits die Hochzeit von Selma mit dem Hausherrn miterlebt, nun war es die Hochzeit der beiden Töchter. Zwar war es eine Doppelhochzeit, aber auch dies schien ihn nicht aus der Ruhe zu bringen.

Als junger Bursche trat er in den Dienst von Selmas Eltern. Sie hatten ein Kleidergeschäft in Prag. Selma war ihre dritte Tochter. Jedes Jahr im Mai fuhr die ganze Familie mitsamt der Dienerschaft für zwei Wochen nach Marienbad ins Kurhotel Stern. 1887 begegnete dort Martin Gerber aus Grünwald der siebzehnjährigen Selma. Er war ein stattlicher Herr mit guten Umgangsformen. Sein Reichtum waren die Wälder in der fruchtbaren Umgebung der Mosel. Er hatte Ländereien aufgekauft und in der Nähe von Trier eine Sägerei gegründet. Die Geschäfte gingen gut, und er reiste jedes Jahr nach Marienbad und einmal pro

*Jahr nach Paris. Selma verliebte sich in ihn. Ihre Eltern
waren weltoffen, auch in Fragen der Religion. Trotzdem
hätten sie sich einen Ehemann aus Prag für ihre Tochter
gewünscht, aber Selma hatte schon immer ihren eigenen
Kopf. Ein Jahr später heirateten Selma und Martin, und sie
folgte ihm in sein stattliches Haus in Grünwald. Moritz,
der Hausdiener, begleitete Selma und blieb bei ihr in ihrem
neuen Zuhause.*

*Das junge Paar war sehr glücklich. Martin nahm Selma
mit nach Paris, sie fuhren nach Trier oder ins idyllische
Städtchen Trübenbach an der Mosel. Sie waren mit der Familie Fürst befreundet, welche im nahen Trübenbach eine
Weinhandlung betrieb. Das milde Klima an der Mosel be-
günstigte den Weinbau. Gegenseitig luden sie sich zum Essen ein oder unternahmen gemeinsame Ausflüge. Noch
glücklicher war das Paar, als 1890 ihre erste Tochter
Flora geboren wurde. Nun waren sie eine Familie. Zwei
Jahre später folgte die kleine Frieda. Die Geburt verlief
diesmal nicht problemlos. Selma hatte während der
Schwangerschaft Blutungen, sie musste viel liegen. Martin
liess beinahe jede Woche einen Spezialisten aus Trier kommen, um seine Frau zu untersuchen. Auch Selmas Mutter
reiste aus Prag an, um ihrer Tochter bei der Geburt beizu-
stehen. Endlich kam der Geburtstermin. Die Wehen begannen und wollten nicht enden. Das Kind lag verkehrt herum.
Wieder kam der Arzt aus Trier. Zusammen mit der Heb-
amme gelang es, das Geschöpf im Bauch zu drehen. Selma
schrie vor Schmerzen, ihr Blut färbte die weissen Laken
rot. Nach der Geburt war sie sehr schwach. Sie bekam ho-
hes Fieber. Das Kind war noch keine drei Wochen alt, als
Selma auf dem jüdischen Friedhof in Trier bestattet wurde.
Die beiden Töchter waren evangelisch getauft.*

Der Tod seiner Frau versetzte Martin in einen Schockzustand. Er war wie gelähmt. Warum er? Warum seine Frau? Martin Gerber wurde zu einem einsamen Mann. Zwar fuhr er noch immer jedes Jahr nach Paris. Er besuchte Kunstausstellungen, verkehrte in Galerien, kannte einige Künstler persönlich und amüsierte sich auch in Bordells am Montmartre; aber er hatte nie wieder geheiratet. In Grünwald widmete er sich ganz seinem Holzhandel und seinen beiden Kindern. Die Geschäfte gingen noch besser und er wurde noch wohlhabender als er ohnehin schon war. Allmählich kamen seine beiden Töchter ins heiratsfähige Alter. Der Zufall wollte es, dass zwei junge Herren aus Hannover den Weg zu Martin Gerber nach Grünwald fanden. Sie gaben sich als Möbelfabrikanten aus und waren an qualitätsvollem Holz interessiert.

Grünwald, Sonntag 3. November 2002

Der Bridgeunterricht an diesem Morgen begann turbulent. Die beiden holländischen Damen, Lieke und Fenna, waren nicht zum Frühstück erschienen. Luise hatte mit dem Theorieunterricht kaum begonnen, als die beiden sehr erregt den Bridgeraum betraten. Im Gegensatz zum Vortag waren sie weder geschminkt noch ordentlich frisiert.

„Wir verlangen umgehend ein anderes Zimmer", wandte sich Lieke mit zittriger aber bestimmter Stimme an Luise. „Wir werden keine weitere Nacht in diesem kalten, zugigen und lärmigen Zimmer bleiben."

Luise war völlig überrumpelt und versuchte die beiden zu beruhigen, was ihr aber nicht gelang.

„Ich habe in dieser Nacht kein einziges Auge zugetan", jammerte Fenna. Sie war die jüngere der beiden und weniger resolut als ihre Schwester.

„Ach, ich schlafe schon mein ganzes Leben lang schlecht", schaltete sich Heidrun ein. „Ich gebe Ihnen eine Schachtel Valium, ich habe immer einen Vorrat dabei, damit schlafen sie garantiert. Kommen Sie nach dem Unterricht zu mir aufs Zimmer, sie können sie umsonst haben. Reklamepackungen, Sie verstehen!" meinte Heidrun mit verschwörerischer Miene.

„Aber meine Damen, die Zimmer sind doch sehr hübsch und warm und ausserdem sehr ruhig", mischte sich nun auch Manfred ein. „Ich habe herrlich geschlafen."

„Dann tauschen wir gern mit Ihnen das Zimmer", meinte Lieke verärgert. „In unserem Zimmer hörten wir die ganze Nacht das Hämmern irgendwelcher Handwerker. So etwas ist nicht erlaubt während der Nacht. Luise, Sie müssen sich beim Wirt beschweren. Lärmige Nachtarbeit ist auch in dieser abgelegenen Gegend nicht legal, sagen Sie ihm dies bitte, ausserdem war gestern Allerseelen und heute ist Sonntag. Und unsere Heizung ist eiskalt, sie muss umgehend repariert werden.

„Also ich schlafe direkt neben Ihrem Zimmer", versuchte es Luise nochmals. „Und ich habe keinen Lärm gehört in dieser Nacht."

„Vielleicht sind Sie schwerhörig", erwiderte Lieke gereizt. „Meine Schwester und ich sind schliesslich nicht verrückt und wir haben uns den Lärm auch nicht eingebildet, falls Sie das damit meinen."

Ein Geisterhaus, dachte Alex. Aber er glaubte nicht an Gespenster. Obwohl, auch Linda hatte ihm einmal eine verrückte Geschichte erzählt. Sie wohnte damals zuoberst im Mehrfamilienhaus ihres Grossvaters, in einer Mansardenwohnung mit Dachschräge und kleinen Fenstern. Auf dem First des Hauses ragten zwei kupferne Kegel, geschmückt mit zwei unterschiedlich grossen Kugeln, in die Höhe. Sie glichen den Christbaumspitzen, welche an Weihnachten zuoberst auf den Baum gesteckt werden. Linda erzählte ihm, dass sie plötzlich jede Nacht um drei Uhr früh ohne äusseren Grund mit Schrecken erwachte. Sie sass jeweils kerzengerade im Bett, die Haare standen ihr zu Berg und sie fürchtete sich grauenhaft. Einmal will sie die weissen Umrisse einer Gestalt neben der Schlafzimmertür gesehen haben. Nach einigen Tagen war der nächtliche Spuk vorbei. Ihre Schwester bewohnte die Wohnung unter ihr. Nachdem der Geist verschwunden war, und sie zwei Nächte ruhig durchgeschlafen hatte, erzählte sie die Geschichte ihrer Schwester. Diese war eine bodenständige und praktische Frau. Sie hörte Linda zu und meinte dann nur, ach so, der war nun bei mir unten. Aber ich habe ihm gesagt, er solle verschwinden, ich müsse morgen früh zur Arbeit und brauche meinen Schlaf, habe mich umgedreht und weitergeschlafen. Linda hat darauf in einer Kirche eine Kerze für die verlorene Seele angezündet und der Geist kam nie mehr zurück. Alex beobachtete, wie Linda aufmerksam die beiden holländischen Schwestern betrachtete. Sie glaubt ihnen bestimmt, dachte er. Wahrscheinlich spüren nur sehr sensible Menschen solche Erscheinungen, Linda war sensibel. Sie war auch verletzlich, das wusste er. Sie sprach zwar selten darüber, aber ihre gescheiterte Ehe machte ihr noch heute zu schaffen. Sie hatte seither nie wieder einen Mann zu nahe an sich herangelassen, aus Angst, wieder verletzt zu werden.

Luise konnte die beiden Schwestern schliesslich beruhigen und versprach, gleich nach dem Bridgeunterricht mit Hermann zu sprechen. Und so kamen die Kursteilnehmer doch noch zu neuen Erkenntnissen über das erste Ausspiel beim Bridge.

„Ein gutes Ausspiel ist der erste Schritt zu einer gelungenen Verteidigung", sagte Luise. „Das Ass spielt man nur dann aus, wenn man auch den König hat. Und vor allem ist Bridge ein Teamspiel, die *Brücke* zum Partner. Hat der Partner während dem Lizit eine Farbe genannt, dann muss der andere Spieler unbedingt diese Farbe auch ausspielen. Tut er dies nicht, dann kann einiges geschehen!" scherzte sie.

Damit hatte die Bridgelehrerin den wunden Punkt von vielen Bridgepartnern getroffen. Nicht nur Ehepaare reagieren äusserst gereizt, wenn der Partner nicht die vom anderen lizitierte Farbe ausspielt. Dies wird oft als persönlicher Affront interpretiert. Der Partner oder die Partnerin nimmt wieder einmal, wie so oft auch im sonstigen Zusammenleben, nicht wahr, was der andere gesagt hat, oder er übergeht ihn einfach. Vernichtende Blicke und niedermachende Kommentare während oder am Ende des Spiels sind die Folgen davon. Nur die gute Erziehung verbietet, der Partnerin oder dem Partner die Karten an den Kopf zu werfen. In diesen Situationen treten Spannungen in der Beziehung offen zutage. Auch wie es um die gegenseitige Achtung bestellt ist, zeigt sich beim Bridge ungeschminkt und glasklar. Weder kostspielige Edelsteine, ein perfekt sitzendes Chanel Kostüm oder ein Massanzug können solche Diskrepanzen kaschieren. Die Paare können einander noch sooft Schätzchen oder Mäuschen nennen, Mimik und Tonfall haben ihre eigene Sprache und verraten die wahren Gedanken. Für Psychologen wären Bridgeclubs hochspannende Forschungsstätten und zwar für Persönlichkeitsanalysen allgemein als auch zur Lösung von Partnerschaftsproblemen.

Der Theorieunterricht verlangte von den Teilnehmern eine hohe Konzentration und die teils gereizten Reaktionen bei den nachfolgenden Übungen strapazierten zusätzlich die Nerven. Alkohol konnte man dabei nicht konsumieren, erstens weil es noch Morgen war und zweitens, weil sich dies negativ auf die Aufnahmefähigkeit auswirken und den Erfolg des Theorieunterrichts beeinträchtigen würde. Alle Teilnehmer verzichteten daher beim Frühstück stoisch auf das Gläschen kühlen Sekt, welches sich die Gäste in deutschen Hotels sonst gerne genehmigen.

Am Ende des Morgens war Linda geschafft, sowohl von den komplizierten Bridge Regeln als auch von der teilweise angespannten Atmosphäre zwischen einzelnen Bridgepartnern. Beim Mittagessen war sie schweigsam und stocherte in dem exzellent gekochten Wintereintopf mit Rinderbrust und Kokoscreme herum.

„Diese Einöde schlägt mir aufs Gemüt", sagte sie zu Alex. „Ich bin nicht ans Landleben gewöhnt. Lass uns heute Nachmittag nach Trübenbach fahren und ein wenig spazieren gehen und irgendwo Kaffee trinken und Kuchen essen. Da gibt es bestimmt eine Konditorei oder ein Hotel."

„Wie kommen wir dahin?" Alex runzelte die Stirn. „Wir hätten das Auto behalten sollen. Man ist hier wirklich total abgeschnitten vom Rest der Welt."

Luise hörte die Unterhaltung der beiden. Es war ihr inzwischen auch klar geworden, dass es nicht die beste Jahreszeit für einen Bridgeaufenthalt in dieser Gegend war. Einige Gäste hatten sich über die Einöde und den Mangel an Unterhaltung bei ihr beschwert. Sie hätte ihren Bridgekurs auch nie an diesem einsamen Ort angeboten, wenn da nicht Hermann gewesen wäre. Er war ihre Jugendliebe und irgendwie war er es noch immer. Als sie hörte, dass ihn seine Frau verlassen hatte, kam ihr die Idee mit den Bridgeferien. Sie war eine beliebte Bridgelehrerin, ruhig und geduldig, und ihre Schüler folgten ihr daher überallhin, selbst nach Grünwald. Insgeheim machte sie sich noch immer ein wenig Hoffnung. Diese verflüchtigte sich allerdings schnell, als sie von Petra anstatt von Hermann in Empfang genommen worden war. Diese junge, magere Figur war bestimmt der Grund für das Verschwinden seiner Ehefrau und nicht die wilde Geschichte, welche ihre Mutter erzählt hatte. Von wegen geheimnisvolles Verschwinden bei Nacht und Nebel! Die Frau hatte einfach genug von seinen Seitensprüngen. Offenbar hatte er sich nie geändert. Das war auch bei ihr so gewesen, obwohl sie ihm immer wieder verziehen hatte. Vielleicht war es sogar gut, dass er sie damals verlassen hatte, sonst hätte sie als betrogene Ehefrau in diesem langweiligen Nest geendet.

„Ich bin sicher, Sie können mit Hermann nach Trübenbach fahren", sagte Luise. „Er muss nach dem Mittagessen ohnehin mit dem Wagen dorthin, um einzukaufen. Ich frage ihn, ob er Sie mitnimmt. Es sind nur etwa 15 Kilometer bis Trübenbach und es gibt dort ein schönes Jugendstilhotel, das Hotel Fürstenau. Sie können da etwas trinken und der Kuchen schmeckt phantastisch!"

Eine Stunde später sassen Linda und Alex im Wagen von Hermann. Petra schaute ihnen misstrauisch nach, als sie aus der Hofeinfahrt hinausfuhren. Bisher hatten sie Hermann nur im weissen Kittel und mit Kochmütze zwischen Küche und Speisesaal wahrgenommen und kaum ein Wort mit ihm gesprochen. Er war jünger als Linda und Alex, wahrscheinlich Ende dreissig oder Anfangs vierzig, etwa gleichalt wie Luise. Die braunen Haare waren in der Mitte gescheitelt und an den Schläfen zeigten sich die ersten grauen Strähnen. Er hatte nichts Auffälliges an sich, sondern wirkte unscheinbar, von durchschnittlicher Grösse und etwas zu dünn für einen Koch.

„Sie beide kommen aus München?" fragte er und blickte kurz zu Alex hinüber, der auf dem Beifahrersitz sass.

„Ja, aus der Grossstadt", sagte Alex. „Ist schon ein wenig abgelegen hier. Sind Sie hier geboren?"

„Nein, ich bin in der Nähe von Hannover aufgewachsen." Hermann verstummte.

„Und sind Sie schon lange hier?" Alex war neugierig geworden.

„Ein paar Jahre."

„Von Hannover, sagen Sie. Vermissen Sie die städtische Umgebung nicht?"

„Man gewöhnt sich an das Landleben."

„Und warum sind Sie gerade an diesen einsamen Ort gezogen?" Alex liess nicht locker.

„Das Haus gehörte einem Vetter meiner Mutter. Er hatte keine Kinder und hat es mir vererbt."

„Ah, und er hat es wohl von dieser Familie gekauft, deren Fotos im Speisesaal hängen?"

Hermann antwortete nicht und konzentrierte sich auf die kurvenreiche Strasse. Der Gasthof Zur Blauen Traube war wirklich ein Glücksfall für ihn. Hermann hatte immer gerne gekocht, wie seine Mutter. Sie hatte ihm schon als Kind vieles beigebracht. Nach der Schule machte er eine Kochlehre und arbeitete in verschiedenen Restaurants und Hotels. Seine letzte Stelle war im Schlosshotel Münchhausen in Hannover. Es war keine schlechte Arbeit, er lernte viel und konnte auch ab und zu ein neues Gericht ausprobieren. Aber trotzdem gab der Chefkoch die Anweisungen und der war noch jung und hatte nicht die Absicht, die Stelle zu wechseln. Hermann hätte noch jahrelang die zweite Geige gespielt. Dann kam überraschend die Erbschaft. Ein Vetter seiner Mutter vererbte ihm das Haus in Grünwald. Sie hatten wenig Kontakt zu ihm, und Hermann hatte nie mit einer Erbschaft gerechnet. Zu Hause war das Geld immer knapp gewesen, seine Mutter war geschieden und musste allein für die Familie sorgen. Sie hatte einmal angedeutet, dass in dem Haus Schlimmes passiert sei, aber da sie von Natur aus immer besorgt war, hatte er dieser Bemerkung keine Bedeutung beigemessen. Erst vor kurzer Zeit hatte sie ihm erzählt, was damals geschehen war. Als das Haus vor sechs Jahren in sein Eigentum überging, hatte er gleich die Idee mit dem Gasthof. Endlich war er der Chefkoch und konnte nun selber die Gerichte bestimmen und seine Gäste mit neuen Kreationen überraschen. Für die Vergangenheit war er nicht verantwortlich.

Im Tal unten sah man das Städtchen mit der Brücke und dem wuchtigen Brückentor mit zwei Rundtürmen, welche sich über die Mosel spannte und die beiden Orte Trüb und Trübenbach miteinander verband.

„Ich lasse Sie unten bei der Brücke aussteigen, da ist das Zentrum", sagte Hermann. „Soll ich Sie später wieder abholen oder nehmen Sie ein Taxi zurück?"

„Das ist sehr freundlich von Ihnen", entgegnete Alex. „Wir wissen noch nicht, wie lange wir bleiben. Es ist am einfachsten, wenn wir mit dem Taxi zurückfahren."

Sobald sie beim Fluss unten angelangt waren, verabschiedeten sie sich von Hermann und dieser verschwand mit seinem Wagen um eine Strassenbiegung.

„Willkommen in der Zivilisation!" rief Linda. „Schau, dort drüben auf der anderen Seite des Flusses ist die Fürstenau, das Jugendstilhotel, von dem Luise gesprochen hat. Wir gehen über die Brücke, spazieren der Mosel entlang und dann kommen wir direkt hin."

Es war ein freundlicher Nachmittag. Gemächlich schob sich das Wasser durch die engen Moselschleifen, vorbei an Burgen und Schlössern aus einer längst vergangenen Zeit. Um diese Jahreszeit verirrten sich kaum Touristen an diesen Ort, und das idyllische Städtchen wirkte ein wenig verlassen. Ausnahmsweise schien an diesem Tag eine bleiche Sonne und spiegelte sich auf der Oberfläche der trägen Wassermasse. Ein langes, flaches Lastschiff glitt langsam flussabwärts Richtung Koblenz, vorbei an den kahlen Rebbergen zu beiden Seiten des Flusses. Auf der Ladefläche türmte sich ein Berg Kies. Nach zwei Tagen trostlosem Grünwald mutete diese Idylle beinahe unwirklich an. Nach einem langen Spaziergang, unterbrochen von Abstechern in kleine Geschäfte und einen Kosmetikladen, kamen Linda und Alex zum Hotel Fürstenau, ein stattliches Gebäude mit einer Sichtbalkenfassade, tiefem Satteldach und einem Rundturm an der Seite zur Mosel hin. Vor dem Eingang erstreckte sich eine verglaste Veranda. Die beiden traten in die Gaststube und sahen sich einem wunderbaren Jugendstil Interieur gegenüber, an welchem zwei Weltkriege und die darauf folgende Aufbruchszeit spurlos vorbeigegangen waren. Tische und Stühle waren aus edlem Mahagoni, Tisch- und Deckenlampen aus mattem Opal Glas, mit

Messing verziert. Auf dem Kaminsims standen Bronzestatuetten von knapp bekleideten, feingliedrigen Frauen mit wehenden Haaren, schlanke Jagdhunde und springende Hirsche. Die Wände des Saales waren mit romantischen Blumenbildern geschmückt und darüber verlief ein farbiger Wandfries mit ornamentalen Mustern. Die beiden staunten. Das Lokal war beinahe leer. An einem Tisch sass ein junges Paar vor zwei Eisbechern mit Schlagsahne. Beide konzentrierten sich auf die Eiskugeln und löffelten schweigsam die süsse Speise. Etwas weiter hinten hatten es sich zwei Männer in Lehnstühlen gemütlich gemacht. Linda und Alex gingen in den Saal hinein und zu ihrer Überraschung erkannten sie in einem der beiden Männer Manfred, heute mit einem dunkel gemusterten Seidenschal um den Hals und vor sich ein Cocktailglas mit einer roten Kirsche darin. Neben ihm sass ein sehr alter, elegant gekleideter Herr mit einer Glatze und Tränensäcken unter den Augen. Die beiden Männer passten perfekt in die stilvolle Umgebung. Radka fehlte. Auch Manfred erkannte die beiden und winkte sie an seinen Tisch heran.

„Da bin ich also nicht der einzige, der sich nach einer kulturellen Umgebung umgesehen hat!" meinte er lachend. „Darf ich Ihnen den stolzen Besitzer dieses Kleinods vorstellen, Herr Fürst, Fritz Gerhard Fürst, Hoteleigentümer in der dritten Generation. Dies sind zwei begabte Bridgespieler aus meinem Kurs", wandte er sich an Herrn Fürst.

„Ein wunderbares Hotel, wie aus einer anderen Welt." Linda war überwältigt.

„Es freut mich, wenn es Ihnen gefällt", erwiderte der Hotelbesitzer.

Linda und Alex setzten sich zu den beiden an den Tisch und bestellten Kaffee und Sahnetorte.

Linda räkelte sich behaglich und seufzte. „Warum können wir nicht hier unsere Bridgeferien verbringen?"

„Um diese Jahreszeit ist es auch hier sehr ruhig", sagte Herr Fürst. „Aber während der Saison kommen die Gäste aus der ganzen Welt. Viele Japaner und Chinesen."

„Wenn Sie die dritte Generation sind, dann hat Ihr Grossvater das Hotel gegründet?" fragte Alex interessiert.

Herr Fürst nickte. „1912 war die Einweihung, kurz vor dem Ersten Weltkrieg. Es war ein Ereignis in jeder Hinsicht. Da Sie offenbar auch im Gasthof Zur Blauen Traube wohnen, haben Sie sicher die Geschichte gehört." Herr Fürst und Manfred wechselten einen kurzen Blick.

„Nur dass die beiden Töchter am selben Tag geheiratet haben", antwortete Linda. „Fand die Vermählung hier im Hotel statt?"

„Nein, das Hotel wurde erst ein Jahr später eröffnet. Aber während der Eröffnungsfeier sind die beiden Ehemänner mit dem Vermögen des Schwiegervaters verschwunden."

„Wirklich!" Linda schaute Herrn Fürst fragend an.

„Schon wieder!" entfuhr es Alex. „Zuerst der Ehemann im Palazzo Zuccari in Rom, dann die Ehemänner im Palazzo Zuccari im Hunsrück und dann auch noch die Ehefrau im selben Palazzo! Das ist ja kaum zu glauben."

Die beiden Herren schauten Alex verwundert an. Sie begriffen nicht, wovon er sprach. Linda klärte sie über die historischen Zusammenhänge auf. Herr Fürst ging nicht weiter darauf ein und kehrte zu den Ereignissen zu Beginn des Zwanzigsten Jahrhunderts zurück.

„Ja, das war eine tragische Geschichte. Mein Grossvater hat sie mir erzählt. Mein Vater wollte nie über jene Zeit sprechen."

„Wurden die Diebe gefasst?" wollte Linda wissen.

Herr Fürst schüttelte den Kopf.

„Und was ist aus den beiden Frauen geworden?" fragte Linda.

Herr Fürst blickte Linda lange an.

„Der Vater der beiden jungen Frauen nahm sich das Leben. Meine Grosseltern haben sich lange um sie gekümmert und sie soweit wie möglich unterstützt. Die Familien waren eng befreundet. Die Mutter hatten die beiden Mädchen bereits als kleine Kinder verloren, sie waren ganz allein."

Herr Fürst machte eine Pause.

„Die Bilder, welche ihr Vater gesammelt hatte, würden heute ein Vermögen einbringen. Ihr Vater war nicht nur ein erfolgreicher Geschäftsmann, er war auch Kunstsammler und hatte zudem ein Faible für Architektur. Ihnen ist sicher das eigenwillige Eingangsportal am Haus aufgefallen, eine Kopie von einem Palast in Rom. Nun, die beiden Frauen mussten nach und nach den Schmuck ihrer seligen Mutter und andere Wertgegenstände veräussern, um über die Runden zu kommen."

Wieder wechselten die beiden Herren einen kurzen Blick.

„Der Bruder meines Vaters, Onkel Fritz, war noch immer in Flora verliebt, die eine der beiden Töchter", fuhr er fort, „obwohl sie ihm ein anderer weggeschnappt hatte. Sie kannten sich seit Kindesbeinen und eigentlich waren sie miteinander verlobt. Aber dann kamen diese zwei Fremdlinge und machten den Töchtern den Hof. In Wirklichkeit hatten sie es nur auf das Geld des Vaters abgesehen. Aber die jungen Frauen waren völlig verblendet."

„Und dann hat Flora doch noch Ihren Onkel geheiratet?" fragte Linda erwartungsvoll.

Der alte Mann schwieg eine Weile und trank einen Schluck von seinem Brandy.

„Sie wollten heiraten, obwohl Flora stark von ihrer Schwester Frieda beansprucht war. Die junge Frau, sie war noch fast ein Kind, wurde nach den schrecklichen Ereignissen schwermütig. Zuerst war ihre Mutter wegen ihrer Geburt gestorben und dann nahm sich der Vater wegen ihrem Ehemann das Leben. Sie fühlte sich schuldig und konnte dies alles kaum verkraften."

Er machte wieder eine Pause.

„Ja, und dann kam der Erste Weltkrieg. Dieser Irrsinn, die Urkatastrophe Europas, die Millionen von Menschen das Leben kostete. Keiner dieser Herren, die in warmen und behaglichen Sitzungszimmern die Kriegserklärung in weissgestärkten Hemden unterzeichnet haben, ist je verlaust, durstig und mit knurrendem Magen durch einen schlammigen Schützengraben gekrochen, überfüllt mit Leichen. Keiner von ihnen hat das heimtückische Giftgas eingeatmet, welches die inneren Organe verätzt. Keiner von denen hat die verzweifelten Schreie der verwundeten Soldaten gehört. Diese Herren blieben zu Hause, gingen mit ihren Gattinnen ins Theater, tranken Kaffee und Cognac mit Generälen in blank polierten Stiefeln, und berieten bei einer Zigarre über die Kriegsführung. An die Front schickten sie das Volk, die kleinen Bürger, die Arbeiter. Auch ihre Pferde waren gestriegelt und wohlgenährt, während den armen Kleppern im Feld Kugeln den Leib zerfetzten und die Eingeweide herausrissen."

Herr Fürst atmete tief durch.

„Auch mein Vater und mein Onkel wurden eingezogen und kämpften wie so viele andere als Kanonenfutter in den Schützengräben in Flandern. Die durchschnittliche Lebenserwartung eines Soldaten betrug in den grausamen Schlachten gerade mal fünfzehn Tage. Mein Vater hatte Glück im Unglück, ein Granatsplitter zerschmetterte sein linkes Knie, er konnte nie wieder richtig gehen. Aber er kam in ein Lazarett und erhielt das Eiserne Kreuz. Jahrelang litt er unter Alpträumen. Er schrie im Schlaf *sie kommen, sie kommen, sie kommen,* und erwachte dann schweissgebadet und verstört. Sein Bruder hingegen, der künftige Gatte von Flora, erstickte in der berüchtigten Schlacht von Ypern, er war 26 Jahre alt."

„Grauenhaft", murmelte Alex. „Und nur zwanzig Jahre später begann der gleiche Wahnsinn von Neuem."

Alle schwiegen.

„Lassen wir die Vergangenheit", nahm Herr Fürst nach einer Pause das Gespräch wieder auf, „erklären Sie mir, was ist so faszinierend am Bridge, dass ein junges Paar wie Sie beide in diese Einöde fährt, um Bridge zu spielen?"

„Das Alter ist bekanntlich relativ", wandte Linda ein. „Wir sind seit vierzig Jahren befreundet und kennen uns von der Universität. Aber das Faszinierende am Bridge ist, um Ihre Frage zu beantworten, dass man dabei so ausserordentliche Leute kennen lernt, wie Manfred, der nicht nur ausgezeichnet Bridge spielt, sondern auch noch wie ein Virtuose singen kann!"

„Aber, aber, übertreiben Sie nicht", zierte sich Manfred und lächelte geschmeichelt.

„Wirklich", schaltete sich Alex ein, „das war hervorragend, was Sie am ersten Abend geboten haben. Singen Sie beruflich?"

„Aber nein", lachte Manfred, „ich spiele manchmal in einer Laiengruppe Theater und ab und zu muss ich da auch singen, aber mit meinem Beruf hat das gar nichts zu tun. Ich war früher in der Kunstversicherungsbranche tätig, aber natürlich bin ich längst pensioniert. Und was sind Ihre Berufe, wenn ich fragen darf?"

„So ein Zufall", sagte Linda, „ich habe auch Kunstgeschichte studiert und mich auf Malerei spezialisiert. Ich arbeite noch ab und zu in einer Galerie in München. Als die

Kinder klein waren, blieb ich zu Hause. Vor ein paar Jahren hatte ich grosses Glück, dass ich beruflich nochmals einsteigen konnte."

„Interessant, aber ich muss berichtigen, ich war als Jurist tätig und habe mir Ihre Fachkenntnisse nur so laienhaft angelesen", berichtigte Manfred.

„Aber Sie haben sicher von dieser spektakulären Auktion in London gehört, wo zwei Bilder von Pierre August Renoir zum Verkauf ausgeschrieben waren. Beim einen stellte sich heraus, dass es in der Schweiz gestohlen worden war und beim anderen rätselt man noch heute, woher es stammt und wer es verkauft hat. Das alles hat wieder die Auktionshäuser in Misskredit gebracht."

„Natürlich, sie meinen das Bild des Gentlemans mit den beiden kleinen Mädchen."

„Genau", antwortete Linda. „Zuerst meinte man, es handle sich um ein bisher unbekanntes Bildnis von einem Mann mit den beiden Töchtern der Madame Georges Charpentier. Renoir hat diese Kinder wiederholt gemalt. Aber dann ist man davon abgekommen. Die Kinder von Madame Charpentier sind rotblond, aber auf diesem Bild hat das eine Mädchen fast schwarze Haare und das Haar des anderen ist kastanienbraun. Und auch der Mann darauf passt nicht zu den beiden französischen Töchtern."

„Die Herkunft des Bildes ist noch immer ungeklärt", schaltete sich Alex dazu. „Es war auch schon von Raubkunst die Rede und dass eine tschechische Familie die Rückgabe des Bildes verlangt."

„So etwas spricht sich schnell herum", bemerkte Herr Fürst trocken.

„Und was machen Sie beruflich?" wandte sich Manfred an Alex.

„Im Vergleich zu Theater und Kunstkrimi ist mein Beruf geradezu langweilig. Ich habe ursprünglich Physik studiert und habe dann später die Geschäftsleitung in den Fabriken meines Vaters übernommen. Wir sind in der Werkzeugtechnik tätig."

Alex erklärte den beiden interessierten Männern die gesamte Geschäftsstrategie der Silver Group, welche in der ganzen Welt vertreten war und auf jedem Kontinent Tochtergesellschaften unterhielt. Sein Vater hatte die Firma in Deutschland gegründet und Alex hatte ihr zum internationalen Durchbruch verholfen. Darauf konnte er stolz sein. Allerdings hatte er dem Erfolg sein Privatleben geopfert und lebte, wie schon sein Vater, nur noch für das Geschäft. Da er trotzdem irgendwann in den Ruhestand treten und die Führung seinen Söhnen überlassen würde, hatte er sich entschlossen, rechtzeitig Bridge zu lernen, damit er eine Beschäftigung für die viele Freizeit hätte, die einmal auf ihn zukommen würde. Die beiden Herren interessierten sich für die Geschäfte von Alex und diskutierten angeregt über technische Details und wirtschaftliche Faktoren.

Der Nachmittag schritt immer weiter voran und näherte sich bereits dem Abend, als sich Linda schliesslich zögernd zu Worte meldete.

„Alex, ich unterbreche dich ungern, aber ich denke, wir sollten uns gelegentlich nach einem Taxi umschauen, damit wir rechtzeitig zurück sind. Wenn Sie wollen, Manfred, können Sie mit uns mitfahren."

„Vielen Dank, ich bin mit meinem Wagen hier und es wäre mir eine Freude, wenn ich Sie in das abgelegene Gespensterhaus zurückfahren dürfte!"

Alle lachten und verabschiedeten sich dann bald von Herrn Fürst und seinem charmanten Hotel, einem Relikt aus einer verschwundenen Epoche.

„Wir bleiben in Kontakt", sagte Manfred zu ihm bei der Verabschiedung und drückte ihm die Hand.

Hermann stand in der Küche und bereitete das Abendessen für die Bridge Gesellschaft vor. Er schnipselte Petersilien und Basilikum, schlitzte die Bäuche der Felchen auf, würzte sie mit Salz und Pfeffer und füllte sie mit den fein geschnittenen Zwiebeln, Karotten, Sellerie und Petersilien. Das Basilikum war für die Buttersauce, mit welcher er die gegarten Fische übergiessen wollte. Die Kartoffeln waren geschält, der Salat gewaschen. Er tat dies alles mechanisch ohne Empathie, ohne Interesse. Seine Gedanken waren woanders. Dieser Kerl wollte schon wieder Geld und hatte ihm gedroht. Er brauche es jetzt und könne nicht länger warten, sonst würde er alles verraten. Woher sollte er das Geld nehmen? Er hatte es versucht, aber bisher hatte es nicht geklappt. Er musste das Problem irgendwie lösen, aber wie? Der Fuss von Hermann schmerzte entsetzlich. Petra hatte ihm gestern einen Arnikawickel aufgelegt, aber dies hatte nicht geholfen. Im Gegenteil, die Schwellung war heute noch grösser und bläulich angelaufen. Der Nagel war durch den Turnschuh tief in seinen Fussballen eingedrungen. Er hatte nicht aufgepasst zwischen dem Gerümpel im Keller, und schon war es passiert. Es war ein fürchterlicher Schmerz und Hermann hatte geflucht. Der Nagel war rostig. Hermann versuchte sich auf die Arbeit zu konzentrieren. Er holte eine grosse Auflaufform aus dem Schrank und reihte die Felchen mit den Bäuchen nach oben darin auf. Dann vermischte er Weisswein mit den Eiern und dem Paniermehl und goss alles über die Fische. Plötzlich machten sich die Fische selbständig und schwammen davon. Immer schneller über Stromschnellen den Fluss hinunter, mit den Bäuchen nach oben. Plötzlich stürzten sie über einen hohen Wasserfall in die Tiefe und verschwanden unten im gurgelnden Wasser. Hermann wurde schwarz vor den Augen. Er versuchte noch, sich festzuhalten, aber er kippte vornüber auf den Tisch und schlug mit dem Kopf auf. Petra hörte den Knall und sprang herbei. Sie hatte am Nebentisch Brot geschnitten. Hermann war ohnmächtig.

„Ein Arzt!" rief sie, gibt es unter den Bridge Gästen einen Arzt?"

In der Gaststube sassen einige Kursmitglieder. Drago kam herein und half Petra, Hermann auf den Boden zu legen.

„Wir brauchen einen Arzt!" schrie Petra, „gibt es hier einen Arzt?"

Drago ging in die Gaststube zurück.

„Heidrun, Sie sind doch Ärztin. Können Sie in die Küche kommen, Hermann geht es nicht gut."

„Ein Notfall!" seufzte sie freudig, schnellte von ihrem Stuhl hoch und mit wichtiger Miene wieselte sie auf ihren dünnen Beinchen in die Küche. Endlich war etwas los an diesem langweiligen, abgelegenen Ort. Ihr fehlten die Patienten mit ihren Abszessen, Verletzungen und wilden Geschichten, die sie ihr erzählten. Sie war nicht nur eine kompetente Ärztin, sondern auch eine geduldige Zuhörerin, obwohl sie auch selber gern erzählte. Die Kollegen fanden zwar, sie sei etwas überdreht, bloss weil sie mit einundsiebzig Jahren noch nach Australien fuhr, um in einer wilden Schlucht Bungge Jumping zu probieren. Unten lauerten die Krokodile, aber das schreckte sie nicht. Was sollte sie denn sonst machen? Mit ihrer Tochter hatte sie sich zerstritten, wegen deren Ehemann. Ein Besserwisser und Familientyrann. Die Enkelkinder sah sie kaum. Zum Glück hatte sie die Freiwilligenarbeit in der Praxis ohne Grenzen angenommen, wo sie Patienten ohne Krankenversicherung behandelte. Sonst würde sie immer allein in ihrer Wohnung sitzen und wer weiss, was dann passieren würde. Medikamente hatte sie genügend. Bridge brachte zwar auch etwas Abwechslung in ihr Leben, aber im Bridgeclub war sie nicht sonderlich beliebt und einen festen Bridgepartner hatte sie nicht. Alle fanden, sie sei rechthaberisch, dabei kannte sie die Regeln einfach besser als die anderen.

„Wo ist denn unser Patient?" fragte sie mit lauter Stimme. Im selben Moment sah sie den blassen Hermann auf dem Boden liegen.

Sie tätschelte ihm beschwichtigend die Hand, sagte überzeugend, das wird schon wieder, und fasste seinen Puls.

„Nun, das Herz ist es nicht", konstatierte sie und runzelte die Stirn. „Hatte er irgendwelche Beschwerden?"

„Sein linker Fuss ist geschwollen", antwortete Petra. „Er hat sich an einem Nagel verletzt."

Heidrun liess die Hand von Hermann los und rutsche auf dem Boden hinunter zu seinen Füssen. Behutsam holte sie den Fuss aus dem Schuh heraus, zog ihm die Socke aus und erblickte den blau verfärbten, geschwollenen Fuss. Sie wusste sogleich Bescheid. Seit ihren Einsätzen in der Praxis ohne Grenzen hatte sie Erfahrung mit Junkies und deren eiternden Wunden.

„Das sieht aber gar nicht gut aus", bemerkte sie. „Er muss sofort ins Spital, das ist eine Blutvergiftung." Heidrun machte ein ernstes Gesicht.

„Haben Sie einen Wagen?"

Petra nickte.

„Wo ist das nächste Spital?"

„In Trier."

„Gut, holen Sie den Wagen und ziehen Sie sich warm an, es könnte noch schneien in dieser Nacht."

Sie wandte sich an Drago und befahl: „Sie Drago, Sie helfen mir Hermann zum Wagen zu bringen."

Die beiden schleiften den halbohnmächtigen Hermann aus der Küche über den Flur zum Ausgang. Zwei Sekunden später brauste Petra mit ihrem Wagen heran und bremste aufgeregt inmitten einer Staubwolke vor dem Eingang des Hauses. Petra, Drago und Heidrun zerrten gemeinsam den stöhnenden Patienten auf den Rücksitz. Heidrun setzte sich zum ihm und hielt seine Hand.

„Drago, Danke, Sie müssen nicht mitkommen, wir schaffen das allein", erklärte sie dem verdutzten Polen, der auch gar nicht die Absicht gehabt hatte, mit dem Trio mitzufahren.

Petra drückte aufs Gas. Die putzigen Schneehasen, welche auf dem Hof herumhoppelten, flüchteten verschreckt hinter die nächste Ecke, und der Weihnachtsmann, der gemütlich mit seinem Gefährt und den Rentieren unterwegs war, griff sich an den Kopf und wunderte sich über das rasante Tempo dieses neumodischen Schlittens. Es könnte tatsächlich noch schneien heute Nacht, dachte Petra und verschwand mit dem Wagen und seiner Fracht Richtung Trier.

Im Gasthof breitete sich die Nachricht von Hermanns Ohnmacht und seiner Blutvergiftung wie ein Lauffeuer aus. Luise informierte alle Bridgespieler und sie fasste den Entschluss, selber für das Abendessen zu sorgen. Das meiste war bereits vorbereitet. Linda, Angelika und Alex erklärten sich bereit, Luise bei der Zubereitung des Essens zu unterstützen, und Manfred und Radka begannen die Tische zu decken.

„Alex, könnten Sie noch ein paar Flaschen Wein aus dem Keller holen?" Luise nahm einen Schlüsselbund vom

Haken neben dem Kochherd und deutete auf eine Türe am Ende der Küche.

„Das mache ich gerne", antwortete Alex und ergriff einen Korb. „Einen trockenen Weissen zum Fisch?"

„Perfekt!" lachte Luise und wandte sich wieder dem Backofen zu.

Hinter der Tür führte eine steile Holztreppe in den Keller hinunter. Die Beleuchtung war spärlich. Der Keller unter der herrschaftlichen Villa war riesig und das reinste Labyrinth. Spannend, dachte Alex, er mochte grosse, verwinkelte Keller, sie hatten etwas Unergründliches, Geheimnisvolles, wie eine Seele. Die Weingestelle standen direkt bei der Treppe, aber Alex wollte zuerst noch ein wenig den Keller erkunden. Der Boden war aus gestampftem Lehm, von den dunklen Balken hingen Spinnweben herunter und die Luft war modrig. Frankenstein lässt grüssen, dachte Alex und schritt vorbei an Kesseln und leeren Blumentöpfen, hinein in das dunkle Gewirr von eisernen Regalen, Schränken und Geräten. Auf einer Seite erblickte er eine schmale Türe. Er wollte sie öffnen, aber sie war mit einem Vorhängeschloss verriegelt. Mal sehen, ob der Schlüssel auch am Bund hängt, dachte er, und liess die verschiedenen Schlüssel durch die Finger gleiten. Dieser kleine, runde Schlüssel könnte passen. Alex versuchte es und das Schloss sprang auf. Vorsichtig öffnete er die Türe. Dahinter lag ein dunkler Raum. Alex tastete sich hinein. Seine Augen hatten sich bald an die Dunkelheit gewöhnt und er konnte die Umrisse von hölzernen Gestellen erkennen. Er ging näher heran. An einer Wand lehnte ein verpackter, rechteckiger Gegenstand. Es musste ein Bild sein, eingehüllt in eine weiche Schutzfolie. Auf den Regalen standen silberne Platten, Vasen, Gläser und Geschirr aus feinem Porzellan. Und in einer Ecke entdeckte Alex einen silbernen Chanukkaleuchter, wie er ihn von zu Hause kannte.

Als er ein Kind war, freute er sich immer auf Chanukka. Da gab es Geschenke, Süssigkeiten, Karpfen und Kartoffelpuffer, die er für sein Leben gern ass. Es wurden auch Gebete gesprochen, Chanukkalieder gesungen und Geschichten erzählt. Seine Mutter bereitete einen herrlichen Gänsebraten zu. Sein Vater schmatzte laut, wenn er das zarte Fleisch im Mund zergehen liess, und wischte sich mit der Serviette das tropfende Fett von Lippen und Kinn. Alex roch in Gedanken den würzigen Duft der knusprigen Gans und sein Magen begann zu knurren. Versonnen blickte er um sich und riss sich aus seinen Träumen. Eigentlich sollte ich den Wein holen, erinnerte er sich, verliess schnell das kleine Kellerabteil, verschloss die Türe und ging zurück zu den Weingestellen am Ende der Treppe. Im selben Moment kam Luise die Treppe herunter.

„Ich dachte schon, Sie hätten alle Weine durchprobiert", meinte sie lachend. „Wo bleiben Sie denn so lange?"

„Ach, die Wahl der Qual", murmelte Alex verlegen. Er hatte in einem fremden Keller herumspioniert und das war ihm ein wenig peinlich.

Die beiden einigten sich auf einen Grauburgunder und Alex ging mit seinem gefüllten Korb hinter Luise die Treppe hinauf zurück in die Küche.

Beim Abendessen sassen Linda und Alex zusammen mit Manfred und Radka an einem Tisch.

„Ich wüsste gerne noch mehr über die Familiengeschichte dieses Hauses", sagte Alex unvermittelt. „Die Erzählungen von Herrn Fürst haben mich beeindruckt."

„Warum interessiert Sie das?" fragte Manfred.

Alex schwieg einen Moment. Er beugte sich zu Manfred und senkte ein wenig die Stimme. „Glauben Sie, dass es sich hier in diesem Haus ursprünglich um eine jüdische Familie handelte?"

Die Körperhaltung von Radka und Manfred versteifte sich kaum merklich.

„Wie kommen Sie darauf?" fragte Manfred. „Haben Sie irgendwelche Anhaltspunkte dafür?"

„Nun, ich bin selber Jude", antwortete Alex. „Und da ist man natürlich aufmerksam auf Details."

„Ach, Sie auch." Radka lächelte. „Und aus welcher Ecke kommen Sie ursprünglich?" fragte sie.

„Meine Eltern stammten aus Polen. Sie haben Auschwitz überlebt. Sie waren damals noch jung. Als die Konzentrationslager befreit wurden, brachte man sie in ein Flüchtlingslager in Deutschland, ein Camp für Displaced-Persons, welches von den Alliierten errichtet worden war. Dort lernten sie sich kennen. Eine ältere Schwester meines Vaters überlebte ebenfalls, alle anderen Verwandten wurden vergast. Und woher stammen Sie, Radka?"

„Meine Eltern kamen aus Prag. Ihnen gelang 1939 die Flucht, zuerst nach Holland und von dort nach England. Auch ihre Verwandten wurden zuerst in Theresienstadt interniert und später nach Auschwitz deportiert und ermordet."

In diesem Moment bat Luise die Gesellschaft um ihre Aufmerksamkeit. Petra hatte sie telefonisch informiert, dass Hermann knapp an einer Blutvergiftung vorbeigegangen sei und den morgigen Tag noch im Spital verbringen müsse. Falls sich keine Komplikationen ergäben, könnte er aber übermorgen zurückkehren und sich wieder um das leibliche Wohl seiner Gäste kümmern. Petra würde in der Zwischenzeit für ihn einspringen und das Kochen übernehmen. Obwohl sie, im Gegensatz zu Hermann, keine Berufsköchin ist, wäre sie bestimmt in der Lage, die Gerichte zur vollsten Zufriedenheit der Gäste zuzubereiten. Luise fragte, ob jemand damit nicht einverstanden sei und lieber unter diesen Umständen den Bridgekurs abbrechen möchte, was sie auch verstehen könne. Nach einer kurzen Diskussion erklärten sich alle Teilnehmer mit der vorgeschlagenen Lösung einverstanden. In erster Linie war man wegen dem Bridgekurs gekommen und erst in zweiter Linie wegen dem Essen. Trotzdem hofften alle, dass Hermann möglichst bald wieder auf die Beine kam, im wörtlichsten Sinne, damit er sie kulinarisch wieder verwöhnen konnte.

An diesem Abend verlief das Turnier ohne grössere Zwischenfälle und wieder erzielten Anja, die Wienerin, und Drago das beste Resultat, was auch niemanden weiter verwunderte. Zum Abschluss des Abends tranken die meisten der Bridgespieler noch ein Glas Wein oder ein Bier in der Bar. Petra war am späten Abend vom Krankenhaus aus Trier zurückgekommen. Sie wirkte müde und war ein wenig gereizt. Sie war froh, als sich schliesslich alle verabschiedeten und zu Bett gingen.

Alex telefonierte noch kurz mit seinem Sohn und ging dann auch schlafen. Er wälzte sich hin und her und repetierte im Halbschlaf die Bridge Regeln und die Turnierspiele vom Abend. Einen kurzen Moment nickte er ein, um dann gleich wieder aufzuwachen. Er versuchte weiterzuschlafen. Er drehte sich von einer Seite auf die andere. Endlich geriet er in einen leichten Schlaf. Er war im Keller des Gasthofs. Er stöberte in der kleinen Kammer herum und plötzlich fiel eine Kristallvase zu Boden und zersplitterte. Alex schreckte aus dem Schlaf auf. In diesem verdammten Haus werde ich wohl nie ruhig schlafen, dachte er. Er nahm einen Schluck aus der Mineralwasserflasche, welche auf dem Nachttisch neben dem Bett stand. Die Armbanduhr zeigte 2.30 Uhr. Er stand auf und ging zur

Toilette. Wieder zurück im Zimmer schlüpfte er in seinen gestreiften Morgenrock und setzte sich in den Lehnstuhl neben dem Fenster. Merkwürdig, dieses kleine verschlossene Kellerabteil mit dem Silber und Porzellan, dachte er. Er erinnerte sich, dass er eine Taschenlampe eingepackt hatte. Auf Sizilien war einmal in einem Hotel der Strom ausgefallen. Alles war stockfinster. Es dauerte mehr als eine Stunde, bis das Licht wieder funktionierte. Seither hatte er immer eine Taschenlampe im Gepäck. Obwohl er wach war, fühlte er sich in einer merkwürdigen Stimmung, in einer Zwischenwelt von Traum und Wirklichkeit. Nicht seinem Kopf, sondern einem inneren Gefühl folgend stand er auf, holte die Taschenlampe aus dem Koffer und ging die Treppe hinunter zur Küche. Alles war dunkel. Der Lichtkegel fiel auf den Schlüsselbund an der Wand neben dem Kochherd. Er öffnete die Kellertür und glitt leise die Stufen hinunter, vorbei an den Gestellen und dem Gerümpel, direkt zu der schmalen Tür. Schnell hatte er den kleinen Schlüssel zwischen den Fingern und öffnete das Vorhängeschloss. Die Luft war stickig. Eine grosse, schwarze Spinne rannte zwischen seinen Füssen hindurch und verschwand unter einem Schrank. Die verborgene Schatzkammer, dachte er bei sich. Ihn interessierte das rechteckige Gebilde in der Schutzfolie. Sorgfältig entfernte er die Klebestreifen von der Hülle und faltete die Plastikhaut auseinander. Ein Ölgemälde mit einem schweren, goldenen Rahmen kam zum Vorschein. Alex leuchtete mit der Taschenlampe auf das Bild und erkannte einen riesigen, wunderschönen Rosenstrauss in einer dunklen Vase. Die Farben der Rosenblüten leuchteten in Hellrosa, Altrosa und Dunkelrosa. Wunderschön, dachte Alex. Er leuchtete in die unteren Ecken des Bildes und glaubte unten rechts eine Signatur zu erkennen. Aber ohne Lesebrille konnte er sie nicht entziffern. Noch einmal betrachtete er das Gemälde und verpackte es dann wieder behutsam in der Schutzfolie. Auch die Klebestreifen konnte er wieder an denselben Orten darauf drücken, ohne dass man sah, dass sie entfernt worden waren. Es gab noch weitere, kleinere verpackte Gegenstände. Alex tastete auch diese ab und kam zum Schluss, dass es sich bei allen um Bilder handeln musste. Aber warum stehen diese Gemälde im dunkeln Keller und hängen nicht an den Wänden des Hauses, fragte er sich. Er wollte noch ein weiteres Bild auspacken, aber er merkte, wie seine Arme und Beine schwer wurden und die Augenlider halb herunter fielen. Ich muss ins Bett, dachte er. Wie ein Schlafwandler verliess er das Kellerabteil, schloss hinter sich zu und stieg geräuschlos die Treppe hinauf. Er hängte den Schlüsselbund an seinen angestammten Platz. Kurze Zeit später lag er in seinem Bett. Der Mond war halbvoll und warf ein bleiches Licht in das Zimmer. Alex bemerkte es nicht, er schnarchte sich sogleich in einen tiefen, traumlosen Schlaf.

Grünwald, Juni 1912

Zu Beginn des Zwanzigsten Jahrhunderts war Trüben-
bach neben Bordeaux der zweitgrösste Weinhandelsplatz
in Europa. Die Weinhandlung Fürst florierte und expor-
tierte ihre Weine nicht nur in die europäischen Länder,
sondern auch nach den USA und sogar in die afrikanischen
Kolonien und nach Fernost. Gerhard Fürst liess neben sei-
ner Weinhandlung nach den Plänen eines bekannten Ju-
gendstilarchitekten das vornehmste Hotel der Umgebung
errichten, das Hotel Fürstenau. Barone und Geschäftsleute
sollten sich in den kommenden Jahrzehnten die Klinke in
die Hand geben. Im Juni 1912, kurz nachdem Martin Ger-
ber seine Sägerei verkauft hatte, wurde das Hotel mit viel
Pomp eröffnet. Gerber, seine beiden Töchter und die bei-
den Schwiegersöhne waren zur Eröffnung eingeladen.
Flora und Frieda freuten sich auf das Ereignis. Ihre
Männer arbeiteten viel und gingen selten mit ihnen weg.
Die Eröffnung des Hotels brachte Abwechslung in ihr
häusliches Leben. Die Schneiderin kam ins Haus, um für
die beiden Frauen zwei raffinierte Ballkleider zu nähen.
Flora wählte eine rosa Seide mit zarter Stickerei. Die
Schultern und Oberarme waren bedeckt, angemessenes
Dekolleté und hinten an der Rückseite eine kurze Schleppe.
Sie sah zauberhaft aus mit ihren dunklen hochgesteckten
Haaren und den tiefblauen Augen ihres Vaters. Das Sei-
denkleid von Frieda war von sehr hellem Gelb mit dunkel
bestickten Bordüren am Saum und am Ausschnitt. Den Rü-
cken schmückte eine kunstvoll geschlungene Schleife direkt
unterhalb der schmalen Taille. Die beiden rauschten mit
den weiten Röcken vor den Spiegeln hin und her, puderten

immer wieder ihre Nasen, bis sie endlich zusammen mit ihrem Vater im Landauer losfuhren und das Kies unter den hohen Rädern knirschte. Die beiden Ehemänner wollten noch kurz etwas in der Buchhaltung erledigen und dann nachkommen. Moritz, der Hausdiener, sollte sie im Einspänner hinbringen. Herr Fürst hatte die ganze Familie eingeladen, nach der Ballnacht im neu eröffneten Hotel zu übernachten, daher würde Moritz den Wagen wieder nach Hause zurückfahren.

Die Familie Fürst begrüsste Martin Gerber und seine beiden Töchter und führte sie persönlich in den Empfangssaal des Hotels. Gläser mit Champagner wurden gereicht, man staunte über die prachtvolle Architektur des neuen Hauses, plauderte, man amüsierte sich. Fritz Fürst begrüsst Flora. Noch immer konnte er nicht begreifen, warum sie diesen hannoverschen Schnösel geheiratet hatte. Er wirkte auf ihn kalt und berechnend. Er, Fritz, hätte ihr die Sterne vom Himmel geholt.

„Schenkst du mir heute Abend einen Tanz?" Fritz lächelte Flora an.

„Ja, wenn es mein Mann erlaubt." Flora schaute zur Eingangstür, wo jeden Augenblick ihr Ehemann eintreffen würde.

„Wo steckt er denn?" fragte Fritz, „ich habe ihn bisher nirgends gesehen."

„Er und Anton wollten noch etwas erledigen, aber sie werden gleich da sein."

Flora war froh, dass ihr Fritz Gesellschaft leistete. Sie hatte ihn immer gern gehabt. Es gab Momente in ihrem Leben, wo sie sich fragte, ob sie nicht besser ihn geheiratet hätte. Wilhelm hatte ihr mit allen Künsten den Hof gemacht und den Kopf verdreht. Alles, was er damals erzählte, war so aufregend. Dann der erste leidenschaftliche Kuss. Noch am selben Abend hatte er bei ihrem Vater um ihre Hand *angehalten. Ihr Vater war überrascht, zweifelte. Er hätte gerne Fritz Fürst als seinen Schwiegersohn gesehen. Willst du es dir nicht noch einmal überlegen, hatte er seine Tochter gemahnt.*

„Mama hat es sich auch nicht noch einmal überlegt und sie war glücklich mit dir, das hast du uns immer erzählt", hatte sie ihm geantwortet. Was sollte er da noch einwenden. Er war nicht besonders überrascht, als zwei Tage später Frieda zu ihm kam und Anton um ihre Hand anhielt. Beide Schwestern waren verzaubert von den beiden Herren aus Hannover. Nur Moritz machte ein finsteres Gesicht. Er mochte die beiden nicht, traute ihnen nicht. Aber niemand hörte auf Moritz, er war ja nur der alte Hausdiener.

„Komm, ich zeige dir das Hotel", sagte Fritz und führte Flora am Arm in Richtung Treppe. „Jetzt ist noch niemand in der Bar, so kannst du einen Blick hineinwerfen!"

Sie gingen die Stufen hinunter ins Untergeschoss, entlang an Wänden, welche mit glänzendem Mahagoni verkleidet waren. Fritz öffnete die Tür zur Bar. Nur wenig Licht drang von aussen durch gläserne Scheiben in den Raum. Auch die halbrunde Theke war aus edlem Mahagoni gearbeitet mit einem Tresen aus glänzendem Messing. Grüne Lederfauteuils standen an niedrigen, runden Tischen. Hinter der Bar dominierte ein grosses Wandgemälde den Raum. Junge Mädchen in lockeren, tief ausgeschnittenen Kleidern und schwarzen Strümpfen räkelten sich auf Sofas und blickten dem Besucher mit auffordernden Blicken direkt in die Augen. Flora errötete.

„Das ist sehr modern", erklärte Fritz, der die Verlegenheit von Flora bemerkte. „Papa liess einen Maler aus Paris kommen, dein Vater hat ihn empfohlen. In Paris sind alle Nachtlokale mit solchen Gemälden geschmückt."

„Fritz, ich glaube wir müssen zurück in die Halle, mein Mann wird jeden Augenblick eintreffen", Flora wandte sich um, raffte ihr langes Kleid und schritt schnell die Treppe hinauf zu den anderen Gästen.

„Herrgott, wo bleiben denn meine beiden Schwiegersöhne", wetterte Martin Gerber und blickte ungeduldig zur Auffahrt vor dem Hotel. „Sie sollten doch schon längst da sein."

„Ich habe eines dieser neumodischen Telefons im Hotel installiert", sagte Gerhard Fürst. „Willst du zu Hause anrufen?"

Martin Gerber hatte sich geweigert, im Haus ein Telefon einzurichten, nur im Kantor stand eines, für die Geschäfte. Aber im Kantor war jetzt niemand mehr.

„Gerhard, kannst du mir einen Gefallen tun? Kannst du einen Burschen auf den Weg schicken, um zu sehen, wo die beiden bleiben? Ich habe ein ungutes Gefühl. Er kann meinen Landauer nehmen."

„Ich schicke Armin los, den Kellerburschen, er kann ihnen mit meinem Pferd entgegen reiten, das geht schneller als mit dem Landauer. Mach dir keine Sorgen, Martin, die beiden werden sich das Fest bestimmt nicht entgehen lassen. Trink noch ein Glas Champagner, das entspannt dich."

„Hoffentlich ist nichts passiert", flüsterte Frieda und griff nach der Hand ihrer Schwester. „Anton war in den letzten Tagen sehr zerstreut."

„Ach, das ist wegen den Geldanlagen. Du weisst doch, sie wollen das Geld aus dem Verkauf der Sägerei optimal investieren. Daher stecken sie auch ständig die Köpfe zusammen und wenn ich hereinkomme, verstummen sie. Was für ein Getue, als ob es uns nichts angehen würde!" Flora schüttelte ärgerlich den Kopf. „Komm wir gehen in den

Ballsaal, wenn sie nicht rechtzeitig kommen, tanzen wir auch ohne sie."

Flora drängte sich mit ihrer Schwester in den Saal. Auf einer Empore spielte ein Orchester Walzer. Von der Decke funkelten riesige Kristallleuchter und in den goldenen Spiegeln an den Wänden drehten sich die Tanzpaare.

Eine Stunde später überschlugen sich die Ereignisse. Armin kam zurück mit der Nachricht, dass die beiden Ehemänner kurz nach Martin Gerber im Wagen losgefahren seien, zusammen mit Moritz. Der Wagen stand verlassen im Wald neben dem Teich und von den Dreien fehlte jede Spur. Der Tresor stand offen und das gesamte Geld aus dem Verkauf der Sägerei war ebenfalls verschwunden.

Martin Gerber verzweifelte zum zweiten Mal in seinem Leben. Er hatte alles verloren. Dem Rat seiner Schwiegersöhne folgend hatte er die Sägerei an die Schalke Möbelwerke verkauft, ein Unternehmen von grosser, wirtschaftlicher Bedeutung. Eine interne Holzproduktion optimierte die Möbelherstellung des Unternehmens, welches sich in den kommenden Jahren zu einem der grössten Arbeitgeber der Region entwickeln sollte. Gerber war mit dem Preis mehr als zufrieden, und seine Schwiegersöhne versprachen, das Geld in gewinnbringenden Papieren anzulegen. Er hatte ihnen vertraut und er war erbärmlich verraten worden. Diese Schande konnte er nicht ertragen. Zwei Tage später fand ihn das Hausmädchen erhängt in seinem Schlafzimmer im ersten Stock. Niemand begriff, warum Moritz, der treue, alte Hausdiener, das schmutzige Spiel mitgemacht hatte.

Im nächsten Sommer verbrannte die Sonne die Erde. Wochenlang kein Regen, nur Hitze. Das Getreide auf den Feldern verdorrte, eine Hungersnot brach aus. Auch der Weiher im Wald hatte kaum noch Wasser. Ein Bauer, der an dem Tümpel vorbeikam, bemerkte hinter dem Schilf eine Hand aus dem Schlamm herausragen. Er holte seinen Nachbarn herbei und mit viel Mühe konnten sie den halbverwesten und mit Steinen beschwerten Körper aus der lehmigen Masse befreien. Obwohl die Verwesung bereits stark fortgeschritten war, erkannten sie die Leiche von Moritz, dem alten Hausdiener der Gerbers.

Grünwald, Montag 4. November 2002

Linda streckte sich behaglich in ihrem weichen Bett und blinzelte schlaftrunken in den neuen Tag. Sie hatte die Vorhänge nicht zugezogen und durch die Scheibe schimmerte ein trübes Morgenlicht. Ein kahler Zweig des Birnbaums vor ihrem Fenster wiegte sich im Wind und klopfte sachte an den Fensterrahmen. Sie drehte sich zur Seite und ihr Blick fiel auf einen Briefumschlag, den jemand unter dem Türspalt hindurchgeschoben hatte. Langsam kroch sie unter dem flauschigen Federbett hervor, stieg aus dem Bett und hob das Papier vom Boden auf. Im Umschlag steckte ein Zettel von Alex:

Musste dringend zu einer Besprechung nach Trier. Könntest du mich bitte bei Luise entschuldigen. Bin am Abend zurück und erzähle dir alles, Alex.

Typisch! dachte Linda. Und mit wem soll ich nun heute im Unterricht und am Turnier spielen? Dieser Alex war einfach unmöglich, rennt mitten in den Bridgeferien davon, um irgendeinen Kunden in Trier zu treffen. Und überhaupt, was will er mir da schon erzählen? Seine Geschäfte sind für ihn spannend, aber sicher nicht für mich. Linda schlüpfte nochmals zurück ins warme Bett. Sie ärgerte sich ein wenig, sie ging nicht gern ohne Alex zum Frühstück. Sie fühlte sich wohl und geborgen in seiner Nähe, wie ein grosser Bruder, dachte sie. Sie hätte gerne einen älteren Bruder gehabt. Alex war zuverlässig und wusste in jeder Situation, was zu tun war, das schätzte sie an ihm. Er konnte auch gut mit Leuten umgehen und nahm sie so, wie sie waren. Nicht wie sie selber, sie regte sich auf, wenn jemand zu laut war oder sonst irgendwie nervte. Auch wenn sie irgendwo anstehen und warten musste, wurde sie schnell einmal ungeduldig. Nun, immer war Alex auch nicht zuverlässig. Manchmal war er vergesslich und verlor Dinge. Einmal waren sie zusammen zu einer Geburtstagsfeier eingeladen am Ufer der Isar. Alex kam nur im Hemd, ohne Jacke. Am Abend wurde es kühl und Linda lieh ihm ihren blau gemusterten Kaschmir Schal. Diesen Schal mit dem wunderschönen tiefblauen Muster hat sie nie wieder gesehen. Alex hatte keine Ahnung, was er damit gemacht hatte. Wahrscheinlich hatte er ihn verloren. Aber eben, auch das war Alex. Linda räkelte sich noch einige Male, raffte sich dann auf und ging ins Bad. Das Badezimmer war kühl, die Wände des ehemaligen Gesellenhauses waren dünn und nicht isoliert. Schnell drehte sie das Wasser auf und ein angenehmer, warmer Dampf breitete sich im Raum aus und beschlug den Spiegel. Sie duschte lange und eingehüllt in ein grosses, hellblaues Badetuch ging sie schliesslich zurück ins Zimmer, kleidete sich an und schlenderte hinüber ins Haupthaus zum Frühstück. Draussen vor der Eingangstüre stand ein grosser Korb gefüllt mit Äpfeln für die Gäste, eine freundliche Geste des Hauses.

Zu dieser Zeit sass Alex in einem Taxi kurz vor Trier. Er hatte das Taxi am frühen Morgen von Trübenbach kommen lassen. Der Morgen war neblig und kühl, als er aus dem Haus trat und sich ohne Frühstück auf die Rückbank des Taxis setzte. Der Fahrer hatte die Heizung angestellt. Es war angenehm warm im Wagen und Alex legte Handschuhe und Halstuch neben sich auf die Bank. Während der Fahrt rief er einen befreundeten Anwalt an, Daniel Frenkel. Daniel war auf Kunstrecht spezialisiert und kannte die wichtigen Leute im Kunstkuchen von München und Umgebung. Alex bat ihn, herauszufinden, was man über das unbekannte Renoir Bild mit den beiden kleinen Mädchen weiss, welches kürzlich auf einer Auktion in London angeboten wurde. Alex würde gerne erfahren, wer es eingeliefert hat und was es mit der Rückgabeforderung einer tschechischen Familie wegen Raubkunst auf sich habe.

„Du verlangst aber viel von mir!" antwortete Daniel, „so einfach ist es nicht, an diese Information heranzukommen." Aber er werde sein Bestes versuchen und ihm Bescheid geben, versicherte er.

Alex wusste, dass er sich auf Daniel verlassen konnte, er war gewieft und hatte Beziehungen zu Kunsthändlern und Auktionshäusern. Er würde bestimmt etwas herausfinden. Alex telefonierte noch mit seiner Sekretärin, seinem Sohn und seinem Stellvertreter und plötzlich kam das Taxi zu stehen.

Der Fahrer drehte sich zu Alex und sagte, „wir sind da, dies ist das Grundbuchamt von Trier. Soll ich auf Sie warten?"

„Nein Danke", erwiderte Alex, „ich weiss nicht wie lange es dauern wird."

Er bezahlte den stattlichen Preis für die lange Taxifahrt von Grünwald nach Trier. Sie waren mehr als eine Stunde auf einer engen Landstrasse gefahren, gut 50 km, sagte der Fahrer.

Alex stieg aus und betrachtete das kühle, schmucklose Gebäude im sachlichen Stil der Dreissigerjahre. Ausser dem Grundbuchamt befand sich auch das Amts- und Landgericht in dem langgestreckten Bauwerk von durchschnittlicher Architektur an der Justizstrasse 2. Alex betrat die Halle und fragte den Portier nach dem Büro des Grundbuchamts. Mit dem Fahrstuhl fuhr er in den zweiten Stock, Büro 209. Er klopfte und trat ein. Das Büro war genauso nüchtern wie die äussere Fassade des Hauses. Eine

Schranke mit Glasfenstern trennte die Besucher vom Personal. Ein junger Mann mit Schnurrbart und Kurzhaarschnitt trat an einen der Schalter und fragte Alex nach seinen Wünschen.

„Ich wüsste gerne, welche Eigentümer des heutigen Gasthofs Zur Blauen Traube in Grünwald zwischen 1900 und heute eingetragen sind", erklärte ihm Alex.

„Haben Sie ein Kaufinteresse an dem Grundstück?" fragte der junge Mann.

„Nein, absolut nicht!" Alex lachte. Er wusste, dass das Grundbuchamt nur Auskünfte erteilen durfte, wenn ein berechtigtes Interesse der anfragenden Person gegeben war. Und er wusste auch, dass ein Kaufinteresse allein nicht genügte.

„Ich bin Journalist und möchte eine Geschichte über den Gasthof schreiben. Wie Sie sicher wissen, verwöhnt heute ein ausgezeichneter Koch die Gäste im Gasthof Zur Blauen Traube. Unser Magazin *Gourmet Küche in Deutschland* möchte diesem Koch einen ausführlichen Artikel widmen. Dabei können wir natürlich nicht nur die köstlichen Gerichte aufführen, sondern wir wollen auch die Geschichte des Hauses miteinbeziehen. Offenbar handelt es sich um ein traditionsreiches Haus mit spezieller Architektur, zu welchem früher auch einmal eine Sägerei gehört hatte. Da ist es für die Leser natürlich spannend, zu erfahren, wie und über wen sich die Sägerei in ein Gourmetlokal verwandelt hat."

„Klingt interessant", meinte der Beamte. „Ich arbeite noch nicht lange hier und eigentlich müsste ich meinen Vorgesetzten fragen, ob das so in Ordnung geht, ob ich die Grundbucheinsicht gewähren darf. Der ist aber diese Woche krank und frühestens nächste Woche wieder hier. Könnten Sie dann nochmals hereinschauen?"

Alex machte ein enttäuschtes Gesicht. „Ich bin extra von München hierher gereist, um die Grundbuchauszüge zu studieren. Ich habe in der Blauen Traube ein Zimmer gemietet, aber nur für eine Nacht. Morgen muss ich bereits wieder nach München zurück."

Der junge Mann runzelte die Stirn. Er rieb Daumen und Zeigefinger der linken Hand aneinander und überlegte.

„Ich kenne zufälligerweise den Hermann, und der wird sich bestimmt freuen, wenn ein Artikel über sein Lokal erscheint. Das ist gewiss prima Public Relation für ihn."

Er machte eine Pause.

„Ich denke, da ist es nur nützlich und schadet niemandem, wenn ich Ihnen die Informationen gebe. Setzen Sie sich an den Tisch dort drüben, dann hole ich die Bücher mit den Eigentümereinträgen und Sie können sie durchsehen. Möchten Sie einen Kaffee?"

Alex lächelte, „das ist sehr freundlich von Ihnen, sehr gerne."

Nach einer Weile kam der Beamte mit einem sperrigen Buch und einer Tasse Kaffee zurück und platzierte alles vor Alex auf dem Tisch. Er suchte die Seite mit den Eigentumseinträgen des heutigen Gasthofs Zur Blauen Traube.

„Sie sagten, Sie möchten die Einträge ab 1900. Hier sehen sie den damaligen Eigentümer Martin Gerber aus Grünwald. 1912 wurde das Haus auf Flora Schmitz-Gerber und Frieda Krause-Gerber, ebenfalls aus Grünwald, überschrieben. Wahrscheinlich sind dies die Töchter von Martin Gerber, und ich vermute, dass dieser 1912 gestorben ist. Und dann sehen Sie hier unten den nächsten Eintrag, Anton Krause, Eigentumsübertragung 1942, ebenfalls aus Grünwald. Das war mitten im Krieg. Das muss der Ehemann von Frieda Krause-Gerber gewesen sein, oder der Sohn."

Der Mann fuhr mit dem Finger ans Seitenende.

„Da steht noch etwas sehr klein geschrieben am Rand, können Sie das lesen", fragte Alex.

Der Beamte bückte sich über den Tisch, um näher hinzusehen. „Konf.n.DP/Übertr.a.EM.", las er das fast unleserliche Gekritzel neben dem offiziellen Eintrag.

Er zuckte mit den Schultern und meinte „keine Ahnung, was das bedeutet. Früher hat man oft irgendwelche Abkürzungen verwendet und später weiss dann niemand mehr, was es heissen soll."

Alex erwiderte nichts und trank einen Schluck Kaffee.

Der Beamte blätterte die Seite um.

„Hier geht es weiter. 1958 Eigentumsübertragung an Albert Krause aus Grünwald, ist wohl der Sohn von Anton Krause. Und hier der letzte Eintrag von 1995, hier haben wir unseren Hermann Ziegler aus Hannover, der Superkoch in der Blauen Traube."

„Hat er das Haus gekauft", fragte Alex.

„Aber nein, der Glückliche hat es geerbt. Ich glaube, Albert Krause war ein kinderloser Vetter seiner Mutter."

„Spannend, Sie haben mir sehr geholfen", sagte Alex. Jetzt muss ich noch zu den einzelnen Personen recherchieren, aber dafür ist das Grundbuchamt nicht zuständig. Könnten Sie mir eine Kopie dieser beiden Seiten machen?"

„Natürlich, dafür müsste ich Ihnen allerdings eine kleine Gebühr verlangen", antwortete der Beamte.

Er verschwand in einem Nebenzimmer und kam kurz darauf mit den beiden Kopien zurück.

„Wunderbar", sagte Alex, „was bin ich Ihnen schuldig?"

„Ach was", sagte der junge Mann, „es ist für unseren Hermann, lassen Sie es bleiben. Wegen diesen beiden Kopien geht das Amt nicht in Konkurs! Sonst muss ich Ihnen noch eine Quittung ausstellen mit Namen und Adresse und allem Drum und Dran, das ist viel zu kompliziert. Wie ist eigentlich Ihr Name?"

Alex zögerte eine Sekunde, „Alois Specker", antwortete er.

„Herr Specker, es hat mich gefreut, Ihnen bei Ihrer Arbeit behilflich zu sein und ich freue mich für Hermann. Wann wird der Artikel erscheinen?"

„Nun, voraussichtlich in der Januarausgabe nächstes Jahr. Aber noch eine Bitte, verraten Sie Hermann nichts davon, die Redaktion will ihn mit dem Heft überraschen und auch eine Pressekonferenz mit ihm durchführen. Da wäre es schade, wenn er schon vorher davon erfahren würde."

„Beamte sind verschwiegen, von mir erfährt er kein Wort."

Alex bedankte sich nochmals für die Unterstützung und verliess dann schnellen Schrittes das Büro. Kaum war er unten auf der Strasse klingelte sein Handy.

„Daniel am Apparat", klang die Stimme seines Freundes durch die Leitung. „Ich habe Neuigkeiten. Aber zuerst musst du mir verraten, warum du dich für das Bild von Renoir mit den beiden Mädchen interessierst? Ist es für Linda?"

„Nein, warum für Linda?"

„Na ja, sie arbeitet bei Blumenfeld, die könnten sich dafür interessieren."

„Linda hat nichts damit zu tun, ich erzähle dir alles später, ich bin unterwegs", entgegnete Alex. „Was hast du herausgefunden?"

„Ich bin noch dran, du weisst, Diskretion im Kunstmarkt. Den Namen des Verkäufers konnte ich noch nicht eruieren, aber ich kenne da jemanden bei der Speditionsfirma und kann es vielleicht noch rauskriegen. Aber die

Ansprüche wegen Raubkunst kommen von einer tschechischen Jüdin. Sie macht geltend, dass das Bild einer Kusine ihrer Mutter gehört haben soll, welche im Zweiten Weltkrieg deportiert wurde. Die Beweislage ist allerdings schwierig."

„Kennst du die Namen?"

„Auch noch nicht, aber wie gesagt, ich bleibe dran. Ich muss jetzt auflegen, ein Klient wartet. Ich halte dich auf dem Laufenden."

Alex steckte das Handy in die Jackentasche und schlenderte die Justizstrasse hinunter. Er fragte sich, warum ihn diese Familiengeschichte interessierte, fand aber keine schlüssige Antwort darauf. Irgendetwas hatte sein Interesse geweckt. Eigentlich sollte er sich um seine eigene Familie kümmern. Er und seine Frau waren bereits seit drei Jahren getrennt, aber sie hatten es bisher nicht geschafft, die Scheidung zu organisieren. Sie trafen sich noch immer einmal pro Woche zum Nachtessen mit den Kindern. Nur der Älteste war nicht mehr dabei, er hatte bereits seine eigene Familie. Eine Zeit lang hatte seine Frau einen Freund, aber das ging dann wieder in die Brüche und die Scheidung kam ins Stocken. Linda hatte ihre Scheidung in Rekordzeit durchgezogen. Er bewunderte sie dafür. Wenn sie etwas wollte, verlor sie keine Zeit. Und trotzdem, die Vergangenheit konnte man nicht zurückdrehen. Er und seine Frau hatten auch gute Zeiten zusammen gehabt. Was war das Geheimnis einer beständigen Ehe? Sicher, es gab viele Gründe, warum Ehepaare zusammenblieben. Die einen scheuten sich davor, alleine zu leben, finanzielle Aspekte spielten oft eine Rolle, manchmal war es auch nur Bequemlichkeit. Aber es gab auch Ehepaare, die bis ins hohe Alter zusammen glücklich oder zumindest gute Freunde waren. Glück und Freundschaft wurden nicht geschenkt, man musste sie erarbeiten. Jedes Paar rieb sich aneinander, die einen mehr, die anderen weniger. Alex erinnerte sich an die endlosen Diskussionen mit seiner Frau, immer wieder dieselben Probleme, dieselben Vorwürfe. Ein endloser Kampf, wo man sich im Kreis dreht. Zuerst ist sie aus dem Kreis ausgebrochen, dann kam sie zurück. Danach ist er weggegangen. Seit er eine Freundin hat, tut sie alles, um ihn zurückzugewinnen. Will er wieder zurück? Er weiss es nicht. Vielleicht sollte er. Aber wer garantiert, dass dann nicht wieder alles von vorne beginnt? Wieder Tränen, gegenseitige Beschuldigungen und Verletzungen. Wie das unbeständige Wetter würden sich wieder Stürme mit Sonnenschein, Regen und langweiliger Dunst abwechseln. Jeder sucht Glück und Geborgenheit in der Ehe und was man bekam, war Kampf und Angst vor Verlust. Auch Leidenschaft und Gleichgültigkeit wohnten nahe beieinander.

Alex überquerte die Franz-Ludwig-Strasse und befand sich plötzlich in der schmucken Altstadt von Trier, mitten auf dem Hauptmarkt, dem ehemaligen Handelsplatz im Mittelalter. Die stattlichen Häuser aus der Renaissance und späteren Jahrhunderten säumen noch heute den Platz und der Besucher hat den Eindruck, in einer anderen Zeit gelandet zu sein. Nur die Anschriften an den Geschäften und Kneipen, McDonald's, H&M und Co., bilden die Brücke vom Mittelalter ins Zwanzigste Jahrhundert. Am Ende des Platzes ragt die Porta Nigra in die Höhe, das wuchtige, ehemalige Stadttor der Römer, als die römischen Kaiser die Welt regierten. Alex blickte sich nach einem geeigneten Ort für einen Kaffee um und dabei merkte er, dass er direkt vor dem Krankenhaus der Barmherzigen Brüder stand. Er erinnerte sich, dass Heidrun erzählt hatte, sie hätten Hermann in dieses Krankenhaus gebracht. Kurzentschlossen ging Alex die wenigen Stufen zum gläsernen Eingang hinauf. Die Türen öffneten sich automatisch und er erkundigte sich bei der Aufnahmestelle nach dem Patienten Hermann Ziegler.

„Zimmer 211", sagte die mürrische Frau hinter der Scheibe und wandte sich wieder ihrer Zeitung zu.

Die Besuchszeit begann erst am Nachmittag um 14.00 Uhr, aber niemand kümmerte sich darum, dass Alex den Fahrstuhl betrat und in den zweiten Stock hinauffuhr. Der klinische Spitalgeruch war allgegenwärtig als Alex auf den Flur hinaustrat. Der graue Fussbodenbelag glänzte und die kühlen, weissen Wände blendeten. Eine junge Krankenpflegerin stand vor dem Zimmer 211 und plauderte mit einem Pfleger.

„Darf ich kurz Herrn Ziegler besuchen?" wandte sich Alex an die beiden.

„Es ist noch keine Besuchszeit", entgegnete die junge Frau, „aber die Arztvisite ist vorbei und Herr Ziegler freut sich bestimmt über einen Besuch. Aber zum Essen können Sie nicht bleiben!" scherzte sie.

Alex trat ins Zimmer. Hermann sass in einem Lehnstuhl neben dem Fenster, das linke Bein ruhte auf einem Schemel. Er war allein im Zimmer, das zweite Bett war leer. Er trug einen blauen Trainingsanzug, Petra hatte ihn für ihn eingepackt. Er langweilte sich ihm Spital und war unruhig. Wie sollte er sich um das Geld kümmern, wenn er hier festgehalten wurde? Und wie sollte der Gasthof ohne ihn funktionieren? Er machte sich Sorgen und versuchte, sich mit einem Buch abzulenken. Der Krankenpfleger hatte es ihm aus der Krankenhausbibliothek gebracht, eine Geschichte über eine Familie, die nach Südafrika ausgewandert war und sich dort nur schwer zurecht fand. Keine erheiternde Story! Als sich die Türe öffnete, schaute Hermann von seinem Buch auf. Überrascht erkannte er Alex, einer von jenen Bridgespielern, welche am Kurs von Luise teilnahmen und in seinem Gasthof wohnten.

„Ich soll Ihnen herzliche Grüsse ausrichten von den Bridge Gästen. Alle hoffen, dass es Ihnen schnell wieder besser geht", begrüsste ihn Alex.

Hermann blickte ihn noch immer verwundert an und reichte ihm die Hand. Was hat dieser Besuch zu bedeuten, fuhr es ihm durch den Kopf. Sind die Gäste unzufrieden und wollen abreisen?

„Ich hoffe, im Gasthof ist alles in Ordnung", erwiderte er und blickte Alex weiterhin fragend an.

„Alles bestens, nur das Essen nicht ganz so perfekt, wie wenn Sie kochen. Entschuldigen Sie meinen unerwarteten Besuch, aber ich musste zu einer geschäftlichen Besprechung nach Trier und da dachte ich mir, warum schaue ich nicht schnell bei Ihnen vorbei und sehe wie es Ihnen geht. Können Sie bald wieder nach Hause oder müssen Sie länger im Krankenhaus bleiben?"

„Die Ärzte wollen mich noch eine Nacht hier behalten. Aber morgen gehe ich nach Hause."

„Da freuen sich alle, wenn Sie wieder da sind. Dieser Gasthof ist schon ein einmaliger Ort und mit Ihren köstlichen Gerichten ist er noch spezieller. Auch diese Bilder und Fotos passen wirklich ausgezeichnet in das Haus. Haben Sie das alles so eingerichtet?"

Hermann schwieg einen Moment.

„Der Vetter meiner Mutter hat es eingerichtet, oder vielmehr sein Vater."

„Wunderbar!" schwärmte Alex. „Dann sind auf diesen alten Fotos im Esszimmer ihre Vorfahren abgebildet?"

„Ich habe sie nicht gekannt", antwortete Hermann kurz. „Sie sind vor meiner Geburt gestorben."

„War die eine der beiden jungen Frauen auf der Foto Ihre Grossmutter?"

„Nein, ich bin nur sehr entfernt mit ihnen verwandt. Die eine Frau war die erste Gattin des Vaters des Vetters meiner Mutter. Sie sehen, kompliziert und sehr entfernt! Die Frau ist früh gestorben und er hat wieder geheiratet, und seine zweite Frau war die Mutter des Vetters meiner Mutter", ergänzte Hermann.

Alex überlegte einen kurzen Augenblick und versuchte, sich die Verwandtschaftsverhältnisse vor Augen zu führen. In diesem Moment trat die Krankenpflegerin mit einem Serviertablett ins Zimmer.

„Wie gesagt, Gäste können wir hier nicht verpflegen", sagte sie und lächelte. „Ich muss Sie nun leider bitten, zu gehen. Aber um 14.00 beginnt die offizielle Besuchszeit, da können Sie gerne wiederkommen."

Alex verabschiedete sich von Hermann und verliess das Krankenhaus. Sein Magen knurrte und erinnerte ihn daran, dass er heute noch nichts gegessen hatte. Am Hauptmarkt gab es zahlreiche Restaurants. Das McDonald's liess er bleiben, obwohl er Pommes sehr mochte, und entschied sich für die Weinstube zum Domstein. Alex amüsierte sich über die römischen Gerichte, welche in lateinischer Sprache auf der Speiskarte aufgeführt waren. Er bestellte das Menu Lucanicae, Lukanische Würstchen mit grünen Bohnen, ein römisches Weinbrötchen und ein Glas Spätburgunder. Er schaltete sein Handy ein. Linda hatte ihm eine Nachricht hinterlassen:

Hoffe, dass du am Abend zum Turnier zurück bist. Musste mit Angelika spielen. Hat mich über dein Liebesleben ausgequetscht!! Gruss, L.

Er grinste und nahm einen Schluck vom Burgunder.

Am Nachmittag hatte Alex einen Termin beim Biestumsarchiv Trier verabredet. Eine ältere Dame mit kurzen, etwas verblichenen Locken wachte dort über die Familienbücher. Eine goldene Brosche mit einer Blume aus roten Korallen schmückte die hochgeschlossene, weisse Bluse mit Stehkragen. Alex erzählte ihr seine Geschichte über den Artikel im Magazin *Gourmet Küche in Deutschland* und die damit verbundenen Personennachforschungen.

Die Dame fixierte ihn kritisch. „Kirchenbücher und amtliche Familienbücher sind dem personenbezogenen Schriftgut zuzuordnen bei dessen Nutzung die entsprechenden Schutzfristen zu beachten sind", sagte sie. „Kirchenbucheinträge bis zum Jahr 1901 sind zur Einsichtnahme frei, alle jüngeren Eintragungen sind von einer Nutzung durch Forscher ausgeschlossen. Nur wenn Sie mit der Familie verwandt sind, können Sie auch in Einträge jüngeren Datums Einsicht nehmen."

„Ach", sagte Alex, „und ich bin extra von München nach Trier gekommen."

„Machen Sie nicht so ein enttäuschtes Gesicht, junger Mann, ich habe die Vorschriften nicht erfunden."

„So jung bin ich nun auch nicht mehr", entgegnete Alex, „wir zwei wären ein perfektes Paar", scherzte er.

„Und nun noch frivol!" Zum ersten Mal lächelte die strenge Dame. „Sie müssten jemanden von der Familie mitbringen, dann gäbe es keine Probleme."

„Ja, da muss ich sehen, was sich machen lässt. Aber könnte ich dann wenigstens die Einträge bis 1901 sehen und zwar jene, welche die Familie von Martin Gerber betreffen?"

Die Dame holte einen in Leder gebunden Band aus dem Regal und blätterte mit ihren knochigen Fingern darin.

„Martin Gerber, geboren 1857 in Grünwald

1888 Heirat in Grünwald mit Selma Löw, geboren 1870 in Prag, gestorben 1892 in Grünwald

1890 Geburt der Tochter Flora, Magdalena, Deborah in Grünwald

1892 Geburt der Tochter Frieda, Theresa, Ruth in Grünwald

Ja, und die späteren Daten darf ich Ihnen leider nicht bekannt geben."

„Die Frau ist bereits mit 22 Jahren gestorben", bemerkte Alex.

„Wahrscheinlich im Kindbett, das war zu jener Zeit oft der Fall."

„Könnten Sie mir wenigstens sagen, wann die beiden Töchter gestorben sind?"

Die Dame runzelte die Stirn und blätterte eine Seite weiter.

„Nein, das kann ich Ihnen nicht sagen, sie sind 1941 weggezogen und nicht hier gestorben."

„1941, das war während des Krieges? Wissen Sie wohin die beiden umgezogen sind?"

Die Frau blickte gedankenverloren vor sich hin. Dann antwortete sie langsam: „Es tut mir Leid, nein, ich kann Ihnen keine weiteren Angaben machen, wenn Sie nicht zur Familie gehören."

Alex bedankte sich und verliess das Archiv. Er setzte sich in ein Café und holte die beiden Kopien vom Grundbuchamt hervor. 1912 wurde das Haus auf die beiden Töchter Flora Schmitz-Gerber und Frieda Krause-Gerber überschrieben. Die nächste Eigentumsübertragung auf Anton Krause, den Ehemann von Frieda, erfolgte 1942, also nachdem die beiden Frauen weggezogen waren.

Was will ich mit dieser ganzen Familiengeschichte, fragte sich Alex erneut. Eigentlich geht mich das alles nichts an. Ich wollte Bridge spielen, nicht Familienforschung betreiben. Sein Handy klingelte.

„Alex, Daniel am Apparat. Alex, warum interessierst du dich für diese Geschichte mit dem Bild?"

„Einfach so, nur so eine Marotte", antwortete Alex.

„Das glaube ich dir nicht."

„Warum, was ist damit?"

„Wo bist du in jenem Bridgekurs?"

„In Grünwald, warum? Willst du auch herkommen? Es ist abgelegen, ruhig und langweilig hier."

„Wirklich? Das ominöse Bild wurde aber von einem Eigentümer aus Grünwald eingeliefert."

Alex schwieg einen Moment. „Kennst du seinen Namen?"

„Nein, kennst du ihn?"

„Ich habe eine Vermutung, sehe aber die Zusammenhänge noch nicht."

„Spielst du jetzt Detektiv anstatt Bridge!" Daniel lachte.

„Ich würde es eher Familienforschung nennen. Danke, dass du dich bemüht hast. Ich erzähle dir alles, wenn ich wieder in München bin. Grüss deine Frau von mir." Alex legte auf.

Der Nachmittag war bereits fortgeschritten und Alex wollte sich auf den Rückweg machen. Der Kellner hatte ihn informiert, dass es direkt hinter dem Hauptmarkt eine Autovermietung gab. Alex bezahlte seine Tasse Kaffee und gelangte nach wenigen Minuten zu der beschriebenen Stelle. Er mietete einen kleinen grauen Audi und war froh, dass Linda nicht dabei war. Sie hätte ihn zu dem hellblauen Cabriolet überredet, welches auch zu haben war. Die Landstrasse nach Grünwald war kurvenreich und stark befahren. Alex brauchte eine halbe Stunde länger als am Morgen auf der Hinfahrt. Immer wieder stockte der Verkehr. An einer Kreuzung bog ein Landwirtschaftsfahrzeug in die Hauptstrasse ein und ratterte gemächlich vor ihm her. Alex wollte überholen, aber der Gegenverkehr war dicht, die Strasse voller Biegungen und die Sicht war in der frühen Abenddämmerung auch nicht mehr die beste. Endlich zweigte das Fahrzeug in eine Feldstrasse ab und gab die Fahrt frei. Alex atmete auf und trat aufs Gaspedal. Immerhin verfolgten ihn heute weder Wölfe noch Elche, dachte er und schaltete das Radio ein. Die Nachrichten meldeten ein schweres Erdbeben in Mittelitalien mit zahlreichen Toten. Die von der Regierung versprochene Hilfe liess auf sich warten. Bei einem Selbstmordattentat in der Nähe von Tel Aviv kamen eine Frau und ein Kind ums Leben. Das deutsche Staatsdefizit wird nach inoffiziellen Schätzungen der EU-Kommission mit 3,7 Prozent höher ausfallen als erlaubt. Nur negative Meldungen, dachte Alex und drehte am Knopf, bis er einen Musiksender fand. Er war froh, als er endlich Grünwald und die Einfahrt zum Gasthof Blaue Traube erreicht hatte. Angelika stand auf dem Hof und rauchte.

„Schickes Auto!" begrüsste sie ihn. „Da könnten wir morgen eine kleine Spritztour aufs Land unternehmen!"

Alex lächelte und zwinkerte ihr zu. Vielleicht hätte ich doch das Cabriolet nehmen sollen, dachte er. Laut sagte er: „Oder heute Abend zum Cocktail nach Trübenbach?"

„Vor oder nach dem Bridgeturnier?" Angelika wölbte ihren Busen vor.

„Das entscheiden wir nach dem Abendessen", lachte Alex. „Ich habe einen Bärenhunger und mit leerem Magen treffe ich keine Entscheidungen!"

„Na, dann mal rein in die gute Stube! Wir haben Petra beim Kochen unterstützt. Alleine wäre sie nie zurechtgekommen. Aber ein bisschen freundlicher könnte sie schon sein, finde ich. Eigentlich sind wir nicht zum Kochen hier."

Angelika räkelte ihre Schultern und ging voraus in die Gaststube. Der lange Tisch war für die Bridge Gäste gedeckt und ausser Linda sassen alle dort und warteten auf das Essen.

„Wo ist Linda?" fragte Alex.

„Hier bin ich, mein Bester!"

Linda balancierte eine grosse Suppenschüssel aus der Küche und stellte sie auf einen Nebentisch.

„Minestrone Siciliana! Reicht mir eure Teller. Radka, Sie bekommen eine Extraportion mit weniger Salz. Petra wird Ihnen die Suppe gleich bringen."

Linda verteilte die Suppe und setzte sich dann zu Alex.

„So, auch wieder einmal in der Gegend!" bemerkte sie.

„Ich erzähl dir später alles. Warum bekommt Radka Suppe mit weniger Salz?"

„Sie hat zu hohen Blutdruck", schaltete sich Manfred dazu. „Wo waren Sie den ganzen Tag, wir haben Sie vermisst?"

„Wirklich! Ich musste zu einer Besprechung nach Trier. Ich habe auch zu hohen Blutdruck. Übrigens, Hermann lässt alle grüssen. Ich habe kurz bei ihm vorbeigeschaut, da ich in der Nähe des Krankenhauses war. Er sollte morgen entlassen werden und wird uns dann wieder verwöhnen."

Noch bevor die Nachspeise serviert wurde, stand Radka auf und verabschiedete sich. Sie fühle sich heute nicht besonders gut und wolle sich hinlegen und auf das Turnier verzichten, sagte sie.

Luise schaute Manfred fragend an.

„Keine Sorgen, Luise", sagte Manfred, „das ist der Blutdruck. Morgen geht es ihr bestimmt wieder besser. Wir waren heute Nachmittag noch in Trübenbach, und Herr Fürst hat uns im Hotel Fürstenau einen hervorragenden al-

ten Cognac offeriert. Eigentlich trinkt Radka kaum Alkohol, aber sie wollte nicht unhöflich sein und wahrscheinlich war es etwas zu viel für sie."

Alex beugte sich zu Angelika und sagte halblaut „Ich
fürchte, dann können wir nicht auch noch dem Turnier
fernbleiben und verschieben unsere Spritztour auf morgen."

Angelika nickte bedauernd. Linda schaute skeptisch zu
Alex.

Nach dem Essen begann sogleich das Turnier und Luise
ersetzte Radka und spielte mit Manfred. Die beiden erzielten das beste Resultat, was weder die Wienerin noch Drago
sehr erfreute. Das Turnier war heute kürzer als sonst, und
es war erst halb zehn Uhr abends, als man die Karten zu-
sammenpackte und einige der Bridgespieler in die Bar hinüber gingen für den abendlichen Schlummertrunk.

Alex trat auf den Hof hinaus, lehnte sich an die Haus-
mauer und sog die kalte Luft in seine Lungen. Am klaren
Nachthimmel glitzerten ein paar Sterne. Die Umrisse der
Obstbäume mit den dürren Zweigen erinnerten ihn an die
Bilder der Medusa mit den unzähligen Schlangen, welche
wie Locken aus ihrem Haupt herausragten. Die griechische
Mythologie mit ihren verwirrenden Geschichten hatte ihn
immer in ihren Bann gezogen. Besonders die Medusa, das
Ungeheuer mit den Schlangenhaaren, den glühenden Au-
gen und den bedrohlichen Eckzähnen, faszinierte und be-
stürzte ihn gleichzeitig. Der Blick der Medusa liess jeden
Mann in Stein erstarren, ausser Perseus. Er war ein Held.
Mit Unterstützung der Götter schlug er dem Monster den
Kopf ab, worauf Pegasus, das geflügelte Pferd, aus dem
Körper der Medusa heraussprang. In der Gestalt eines Pfer-
des hatte der Meeresgott Poseidon sich mit der Medusa
vergnügt und sie geschwängert. Alex suchte am Himmel
nach dem Sternbild des Pegasus.

Auch Angelika trat aus der Gaststube ins Freie hinaus und zündete sich eine Zigarette an.

„Schöner Sternenhimmel", sagte sie und lehnte sich neben Alex an die Wand.

„Siehst du dort das Quadrat mit den vier hellen Sternen?" fragte Alex. „Das ist der Körper des Pegasus. Daneben steht Andromeda und hält sich am Pferd fest."

Schon wieder ein Sterngucker, dachte Angelika. Ihr Mann trieb sich zurzeit in der chilenische Atacama-Wüste herum und richtete den Blick aufs Weltall anstatt auf sie. Aber immerhin duzt mich Alex nun plötzlich und spricht von Pegasus und Andromeda und nicht von irgendwelchen astronomischen Kennzahlen.

„Romantisch!" hauchte sie und streifte ganz zufällig seine Schulter.

„Hast du Lust auf einen Cocktail in Trübenbach?" fragte Alex plötzlich.

Fünf Minuten später sassen sie in seinem Wagen und er brauste die kurvenreiche Strasse hinunter zur Mosel. Er fühlte sich leicht und frei. Das Geschäft war weit weg, ebenso seine Eheprobleme und die ganze Familie. Warum sich nicht vom alten Leben befreien und Geborgenheit in einem neuen Leben finden, dachte er und fuhr noch schneller.

Es war lange nach Mitternacht als die beiden zurückkehrten. Das Haus war dunkel. Alex war müde, trotzdem schrieb er noch eine Mail an seinen Geschäftsführer. Die Realität hatte ihn wieder eingeholt, als er sich ins Bett legte und einschlief.

Flora und Frieda sassen auf der Bettkante. Das Blut auf dem Fussboden war getrocknet und bildete ein rostrotes Muster aus runden Flecken. In der Küche gab es früher

einen Fussboden aus hellem Granit mit schwarzen Ein-
schlüssen. Alex konnte stundenlang darauf starren und er-
kannte in den schwarzen Flecken die verschiedensten Fi-
guren. Je länger er sie anschaute, desto lebendiger wurden
sie. Kleine Hunde, Krokodile, Kinder, Autos, sogar einen
Kaminfeger hatte er einmal entdeckt. Er erzählte es begeis-
tert seiner Mutter, aber sie schüttelte nur den Kopf. Flora
und Frieda weinten. Das sind die letzten Tränen, die sie
weinen werden, dachte Alex. Dann spazierte Flora über
die Felder. Sie kletterte an den schroffen Felsen empor und
genoss die Sicht über das weite Land. Sie stieg immer hö-
her hinauf. Plötzlich stand sie auf einer steil abfallenden
Trockenmauer. Ich muss wieder hinunter, dachte sie, sonst
wird es zu gefährlich. Sie schaute sich nach einer Stelle
um, wo sie gefahrlos hinuntersteigen konnte. Ein Mauer-
stein war mit dem Kopf einer Echse geschmückt. Auch der
Schwanz ragte auf der hinteren Seite aus dem Stein heraus.
Eigenartig, dachte Flora. Plötzlich bewegte sich der Kopf
ganz langsam. Das Tier war lebendig. Flora erschrak. Jäh
bemerkte sie, dass unter jedem Stein eine Echse sass, über-
all lugten Schnauzen und Schwänze hervor. Es waren ge-
fährlich Tiere mit scharfen Zähnen. Flora stieg vorsichtig
über die Steine, um wieder in die Ebene hinunter zu gelan-
gen. Kaum war sie unten, stürzte sich eine riesige, schnau-
bende Echse auf sie. Flora blieb stehen und zischte selber
wie ein wildes Tier. Die Bestie war überrascht und wich
zurück. Diesen Augenblick nutzte Flora, um zu fliehen. Sie
rannte zu einer Scheune. Die Riesenechse war dicht hinter
ihr. Flora spürte den heissen Atem im Genick. Sie lief um
ihr Leben und konnte in letzter Sekunde die Scheunentüre
schliessen. Das Untier polterte wie wild an die Türe und
das Holz splitterte. Flora erwachte. Jemand hämmerte an
die Haustüre. Es war sehr früh am Morgen und der Him-
mel war grau. Benommen erhob sich Flora und ging die

breite, geschwungene Treppe hinunter. Sie öffnete die Tür.
Ein hochgewachsener Mann in einem langen Ledermantel
und hohen Stiefeln stand dort. Vor dem Haus parkte ein
schwarzer Wagen.

„*Sind sie Flora Gerber?" fragte er.*
Flora nickte.
„*Die Tochter von Selma Löw?"*
„*Ja, meine Mutter starb, als ich noch klein war."*
„*Und Ihre Schwester Frieda ist auch da?"*
Flora nickte wieder.
„*Gut. Sie haben eine Stunde Zeit. Sie können pro Per-*
son einen Koffer mit Kleidern mitnehmen. Keine Wertsa-
chen. Haben Sie verstanden? In einer Stunde werden sie
abgeholt."

„*Fahren wir nach England?" fragte Flora erwartungs-*
voll.

Der Mann krümmte sich vor Lachen. „Nein!" schrie er,
„*Sie fahren heute nach Litzmannstadt."*

„*Warum nach Litzmannstadt?" fragte Flora.*

„*Alle Juden fahren nach Litzmannstadt", antwortete*
der Mann.

„*Wir sind keine Juden", sagte Frieda, „wir sind ge-*
tauft."

Der Mann lachte noch lauter, „einmal Jude, immer
Jude!" Er packte Flora an den Schultern und zerrte sie auf
den Hof.

„Nein!" schrie Alex und erwachte schweissgebadet. Er
zitterte und griff sich an den Kopf. Er setzte sich im Bett
auf, es war früher Morgen. Schon wieder ein schrecklicher
Traum, seufzte er.

Grünwald, Dienstag 5. November 2002

„Sie sollten etwas essen." Arik legte seine Hand auf den Arm von Manfred und hielt ihm unbeholfen einen Korb mit frischen Brötchen vor die Nase.

Manfred sass bewegungslos am Tisch und starrte vor sich hin.

„Radka ist tot", sagte er.

Arik nickte. Im selben Moment trat Alex an den Tisch. Er hatte die Worte von Manfred gehört und rief erschrocken und viel zu laut:

„Was ist passiert?"

Arik runzelte die Stirn. „Sie haben richtig gehört, Radka ist in der letzten Nacht unerwartet verstorben."

Alex blickte ungläubig von einem zum andern, er wusste einen Augenblick lang nicht, was er sagen sollte. Sogleich fasste er sich wieder und ergriff die Hand von Manfred und kondolierte ihm herzlich. Radka und Manfred waren zwar kein Paar gewesen, aber es war offensichtlich, dass sie sich sehr nahe gestanden hatten.

„Sie hatte schon lange ein schwaches Herz", sagte Manfred und blickte Alex in die Augen. "Sie hatte einen hohen Blutdruck, aber wir hatten es unter Kontrolle. Der Herzstillstand kam völlig unerwartet. Und die Polizei ist auch da."

„Welche Polizei?" wunderte sich Alex.

„Heidrun hat den Tod festgestellt und hat dann die Polizei informiert", erklärte Arik. „Sie sagte, das sei üblich bei einem plötzlichen Todesfall."

Luise erhob sich und bat um Aufmerksamkeit. Sie informierte, dass aufgrund des tragischen Todesfalls von Radka an diesem Morgen kein Bridgeunterricht stattfinden werde und dass sich die Polizei mit jedem Teilnehmer kurz in der Bibliothek unterhalten möchte. Dies sei zwar nur Routine, aber trotzdem seien alle gebeten, das Haus nicht zu verlassen, bevor sie von der Polizei vernommen worden sind. Darauf bat sie um eine Schweigeminute, um der so plötzlich und unerwartet verstorbenen Radka zu gedenken. Alle erhoben sich und blickten stumm vor sich hin.

Manfred fühlte sich wie in einem Raum ohne Boden. Plötzlich war Radka nicht mehr an seiner Seite. Sie hatte ihm das Leben gerettet, als ihn Volker wegen diesem jungen, eingebildeten Musikstudenten verlassen hatte. Zwanzig Jahre jünger als Volker, ein Witz. Das Einzige, was diesen an Volker interessierte, war das Geld und seine Sammlung ägyptischer Uschebtis. Die blauglasierten Figuren wurden im Alten Ägypten den Verstorbenen mit ins Grab gelegt oder an heiligen Orten deponiert. Sie waren dazu bestimmt, während des Totengerichts für den Verstorbenen zu antworten und dienten als dessen Stellvertreter. Es war nicht so, dass diese Figuren dem affektierten Jüngling besonders gefallen hätten, er hatte keine Ahnung von der ägyptischen Kunst und Kultur, er wollte sie nur wegen ihres pekuniären Wertes. Und Volker war so dumm, dass er ihm die Sammlung sogar schenkte. Keine zwei Wochen später war die Sammlung verschwunden. Er erzählte Volker, er habe sie seinen Eltern geschenkt, sie seien begeistert davon und sie würden nun bestimmt bald akzeptieren, dass er mit einem so viel älteren Mann zusammen war. Alles gelogen! Zur selben Zeit tauchten in der Galerie Ramses verschiedene Uschebti Figuren zum Verkauf auf. Es war sonnenklar, es war die Sammlung von Volker, aber er wollte es nicht wahrhaben, verschloss davor seine Augen. Dann schenkte er ihm auch noch den hockenden Ibis aus Bronze, aus der Zeit des Neuen Reiches, das Lieblingsstück von Manfred. Ein gemeiner Akt, nur um ihn zu verletzen. Aber Radka hatte ihn getröstet, sie hatte für ihn gekocht, als er kaum noch etwas essen konnte. Sie schleppte ihn ins Kino und ins Theater, nur um ihn abzulenken, und dann hatten sie das Bridge Spiel entdeckt. Sie spielten zusammen im Club und sie verreisten zusammen in Bridgeferien. So hatte er die Trennung von Volker überwunden. Dann hatte ihm Radka ihre Lebensgeschichte erzählt, worauf sie mit den Nachforschungen begonnen hatten, was sie noch mehr miteinander verband. Sie waren zwei Verbündete. Einmal waren sie zufällig Volker und seinem neuen Liebhaber begegnet. Manfred hatte die beiden nur angestarrt, er konnte nichts sagen. Aber Radka ist zu Volker hingegangen und hat ihn nicht laut, aber vernichtend beschimpft. Danach hat sie sich umgedreht, hat Manfred beim Arm genommen und ist mit ihm weitergegangen. Volker war so überrascht, er war ausserstanden zu reagieren. Zum Glück, denn er konnte ausfällig und grob werden. Aber Radka hat ihm die Wahrheit ins Gesicht gesagt. Sie fürchtete sich vor nichts. Selbst als Manfred mit der Asche seiner verstorbenen Mutter das Rosenbeet vor ihrem Haus düngen wollte, hatte sie Verständnis und half ihm dabei. Sie machten es am Abend in der Dämmerung und zündeten eine Kerze an. Danach gingen sie ins Restaurant Medici und assen lackierte Oldenburger Entenbrust mit Süsskartoffelpüree und als Nachspeise dreierlei hausgemachte Sorbets an geschmorter Viktoria-Ananas. Manfred hatte seine Mutter sehr geliebt. Er war ein sensibles Kind gewesen, genau wie seine empfindsame Mutter. Sie spielte Geige und hasste die gesellschaftlichen Verpflichtungen mit ihrem Mann. Lieber ging sie mit ihrem kleinen Manfred in den Tiergarten oder ins Museum. Schon als kleiner Junge erkannte er den Unterschied zwischen impressionistischer und expressionistischer Malerei, er hatte die Mona

Lisa gesehen und auch den Isenheimer Altar von Matthias Grünewald. Er hätte gerne Kunstgeschichte studiert, aber sein Vater bestand darauf, dass er Jurist wurde. Auch spielte er lieber Klavier als Fussball und wurde deswegen von seinen Mitschülern gehänselt. Der Vater verlangte, dass er beim Fussball mitmachte, sonst werde nie ein richtiger Kerl aus ihm, meinte er. Wer ist schon ein richtiger Kerl? Jeder ist so, wie er ist, aber da hatte sein Vater andere Vorstellungen. Zum Glück hatte er eine verständnisvolle Mutter, auch wenn sie nicht alles verstehen konnte. Radka kannte seine Mutter gut, die beiden mochten einander, obwohl Radka sehr resolut war und ihre Meinung direkt äusserte. Nun waren beide Frauen nicht mehr da. Manfred konnte es noch immer nicht glauben, dass dies alles nun vorbei sein sollte.

Alle Bridgespieler blieben nach dem Frühstück in der Gaststube oder in der Bar, um auf ihre Einvernahme durch die Polizei zu warten. Alex trat zu Arik und fragte ihn, wer die Verstorbene gefunden habe. Arik deutete mit dem Kopf auf Manfred, der noch immer wie versteinert auf seinem Stuhl sass.

„Manfred hat das Zimmer neben Radka und als er am Morgen nichts von ihr hörte, klopfte er an die Tür. Sie antwortete nicht, da hat er einen Spalt breit geöffnet und sah sie auf dem Bett liegen. Er ging hinein und merkte, dass mit ihr etwas nicht stimmte. Daraufhin holte er Heidrun und sie konnte nur noch den Tod feststellen."

Ein Mann in braunem Anzug und blonden, kurzen Haaren trat in die Gaststube und stellte sich als Inspektor Schröder vor. Er war schlank, wirkte sportlich und mochte Anfangs Vierzig sein. Er informierte die Gäste, dass er kurz mit jedem von ihnen sprechen möchte. Es handle sich dabei lediglich um eine Routine, sagte er, da man davon ausgehe, dass die Frau eines natürlichen Todes gestorben sei.

Alle Bridgespieler wurden von Inspektor Schröder kurz einvernommen. Als Alex an der Reihe war, überlegte er, ob er den Inspektor über den Kellerraum mit den Kunstgegenständen informieren sollte, liess es dann aber bleiben. Linda erzählte, dass Radka am Abend vor ihrem Tod eine Extrasuppe bekommen habe mit wenig Salz wegen des hohen Blutdrucks. Sie selber habe die Suppe zur Seite gestellt und Radka gebracht. Die Befragungen waren beinahe abgeschlossen, als Hermann im Taxi aus Trier ankam. Man hatte ihn erst am Nachmittag erwartet und niemand hatte ihn über den Vorfall informiert. Zur selben Zeit trat Inspektor Schröder von der Bibliothek in die Gaststube und begrüsste ihn. Hermann erbleichte. Nachdem seine Frau verschwunden war, hatte ihn Inspektor Schröder mehrmals zu den Umständen ihres Verschwindens und auch zu seiner Ehe befragt.

„Was ist geschehen?" fragte er unsicher.

„Ein Gast ist unerwartet verstorben und ich muss dies routinemässig überprüfen", antwortete Inspektor Schröder. „Sie waren offenbar nicht im Haus, daher erübrigt sich bei Ihnen eine Befragung."

Hermann wirkte erleichtert.

„Haben Sie etwas von ihrer Frau gehört?" fragte Inspektor Schröder beiläufig.

Hermann schüttelte den Kopf.

Ein matter Sonnenstrahl drang durch die Scheibe und verweilte einen Augenblick auf dem gerahmten Schwarzweissfoto an der Wand mit den beiden jungen Frauen und ihrem Vater.

„Glaubst du an Zeitschlaufen?" wandte sich Linda an Alex, der neben ihr links von der Fotografie stand.

„Was soll das sein?"

„Ich habe einmal ein Buch gelesen mit einer Theorie über Zeitschlaufen. Der Autor hat an Beispielen aufgezeigt, dass sich bestimmte Ereignisse in bestimmten Familien oder an bestimmten Orten zeitversetzt über mehrere Generationen zwangsläufig wiederholen."

„Du meinst also, man sollte einmal den Waldweiher auspumpen, um zu sehen, ob darin die Frau von Hermann liegt!" meinte Alex sarkastisch.

„Wie kommst du jetzt auf den Waldweiher?" fragte Linda verwundert.

„Du hast Recht, eine blöde Bemerkung."

„Ich meine damit das, was du selber im Hotel Fürstenau erwähnt hast", sagte Linda. „Der erste Mann von Angelika Kaufmann hat sich mit ihren Ersparnissen davongemacht. Später wohnte sie im Palazzo Zuccari. Der ursprüngliche Eigentümer dieses Hauses hier hat das Eingangsportal des Palazzo Zuccari imitiert. Dann geschieht hier hundert Jahre später dasselbe. Die beiden Ehemänner seiner Töchter verschwinden mit seinem Vermögen. Und nochmals hundert Jahre später verschwindet die Ehefrau des heutigen Besitzers. Das ist doch merkwürdig."

„Ich weiss nicht, das sind doch Zufälle. Oder glaubst du, dass die Imitation eines Eingangsportals eine Kette von gleichartigen Ereignissen auslösen kann? Ich kann mir das nicht vorstellen."

„Das sind eben diese Zeitschlaufen, die sich immer wieder wiederholen. Ich bin auch nicht sicher, ob ich daran glauben soll, aber eigenartig ist das Ganze schon. Und pass bloss auf, deine Angebetete heisst auch noch Angelika!" Linda lachte.

Im selben Moment klingelte das Handy von Alex. Er ging auf den Flur hinaus.

„Daniel, hast du Neuigkeiten?" fragte er.

„Hallo Alex! Du wirst es nicht glauben, was ich dir erzähle. Du wolltest Informationen zu dem Bild mit Raubkunstverdacht und Rückgabeforderung einer tschechischen Klägerin."

„Hast du etwas herausgefunden?"

„Das Auktionshaus hat einen anonymen Anruf bekommen mit dem Hinweis, dass die Klägerin verstorben sei und dass das Bild in Kürze freigegeben werden könne, da jene Person keine Verwandten hinterlasse."

Alex stiess kaum hörbar einen Pfiff aus. „Kennst du jetzt ihren Namen? Hiess sie Radka?"

„Radka? Ich weiss nicht. Nein, warum? Ist bei euch eine Radka verstorben?"

Die Küchentüre öffnete sich und Petra trat auf den Flur. Alex wechselte schnell das Thema.

„Daniel, ich melde mich bei dir, sobald das Geschäft aktuell wird. Ich fahre nächste Woche nach Luxemburg, dann wird sich alles klären." Alex schaltete das Handy aus.

„Auch in den Ferien verfolgt einen die Firma", seufzte er zu Petra gewandt.

Sie schaute ihn misstrauisch an und verschwand auf der Treppe.

Alex ging hinaus an die frische Luft. Auf einer Gartenbank sass Manfred. Die grüne Farbe war abgeblättert. Alex setzte sich neben ihn. Die Bank knarrte unter seinem Gewicht.

„Sie haben Radka lange gekannt?" begann er vorsichtig ein Gespräch mit Manfred.

Manfred nickte.

„Sie ist …. war eine langjährige Freundin, wir sind oft zusammen verreist, sie liebte das Meer. Vor einem Monat waren wir in Belek, an der türkischen Riviera, auch in den Bridgeferien. Sie war so glücklich dort und wir sind oft im Meer geschwommen."

Die beiden schwiegen eine Weile.

„Ich kannte zuerst ihre Schwester. Sie war in derselben Versicherungsgesellschaft tätig wie ich."

„Haben Sie die Schwester schon informiert?"

„Sie ist vor zwei Jahren verstorben. Sie war drei Jahre jünger als Radka."

„Hatte Radka Kinder?"

Manfred schüttelte den Kopf. „Sie war früher verheiratet und lebte in England. Ihr Mann ist früh gestorben. Ihre Schwester wohnte damals bereits in Deutschland, sie war ledig. Radka ist vor fünfzehn Jahren zu ihr nach Frankfurt gezogen."

„Und da haben Sie sich kennengelernt?"

Manfred nickte. Wieder entstand eine Pause.

„Wer kümmert sich denn nun um die ganzen Angelegenheiten, das Begräbnis, den Nachlass und so?"

„Ich mache das", antwortete Manfred. „Ich habe mich schon immer um ihre finanziellen Belange gekümmert und bin auch als Willensvollstrecker und Nachlassverwalter eingesetzt."

Alex fröstelte. Er hatte keinen Mantel angezogen, als er hinausgegangen war.

„Gehen wir hinein an die Wärme, es ist kühl hier draußen. Diese Gegend ist kalt und etwas trostlos. Sind Sie auch wegen Luise hierhergekommen?"

„Ja, auch."

Die beiden erhoben sich und gingen zurück in die Gaststube. Als sie hereinkamen stand eine ratlose Linda einer aufgebrachten Petra gegenüber.

„War das wirklich nötig, den Inspektor auf die Suppe aufmerksam zu machen! Nun glaubt er, wir hätten diese Frau vergiftet. Ist doch einfach lächerlich."

Petra war wütend.

„Ich sagte doch bloss, dass Radka einen hohen Blutdruck hatte und daher nur wenig Salz essen durfte“, entschuldigte sich Linda.

„Was glauben Sie, was dies wieder für einen Imageschaden für das Geschäft gibt! Superkoch vergiftet alte Bridge-Koryphäe! Ich sehe schon die Schlagzeilen in den Zeitungen.“

„Radka war doch gar keine Bridge-Koryphäe“, murmelte Linda.

„Was ist denn hier los?“ Alex schaute fragend in die Runde.

„Ihre tolle Freundin musste dem Inspektor die Extrasuppe der Verstorbenen unter die Nase reiben. Nun wittert er einen Mordanschlag und lässt die Leiche in die Gerichtsmedizin nach Trier überführen“, klärte ihn Petra auf.

„In die Gerichtsmedizin nach Trier?“ Manfred schaute ungläubig zu Linda. Diese war den Tränen nahe.

„Bis die Ergebnisse vorliegen, darf niemand den Ort verlassen. Neue Gäste sind auch nicht erlaubt. Morgen sollte ein Ehepaar hier eintreffen. Nun müssen wir absagen.“ Petra schnaubte vor Wut.

„Mach dir keine Vorwürfe, Linda, du hast richtig gehandelt.“ Alex legte ihr tröstend den Arm um die Schultern. „Wir alle wurden vom Inspektor befragt. Auch ich habe die Suppe erwähnt“, log Alex, um seine Freundin zu verteidigen. „Eine Befragung ist nun einmal eine Befragung, daran können auch Sie nichts ändern“, wandte er sich in bestimmtem Ton an Petra. „Ich gehe davon aus, dass die Obduktion morgen stattfindet und der Bericht übermorgen hier ist. Dann wird sich alles klären.“

Petra drehte sich auf dem Absatz um und verliess den Raum.

Ein trüber Nachmittag kroch über die abgelegene Landschaft im Hunsrück. Einmal mehr nieselte es und Nebelschwaden hingen zwischen den dunkeln Tannen im nahe gelegenen Wald. Wie mussten sich die Römer in dieser Kolonie gefühlt haben, fernab dem sonnigen Süden, verbannt in diese trübe und kalte Gegend? Augusta Treverorum hiess Trier damals und war eine der Kaiserresidenzen im römischen Weltimperium. Nicht nur die Sonne vermissten die Römer hier, sondern auch den süssen Wein. Daher brachten sie Rebstöcke mit und bepflanzten damit die Hänge entlang der Mosel. Noch heute gedeihen an den steilen Hängen ausgezeichnete Trauben, Hänge die durch Trockenmauern und Mauertreppen gegliedert sind und lange Zeit nur von Hand, ohne mechanische Hilfsmittel, bewirtschaftet werden konnten. Die Römer brachten nicht nur den Wein nach Trier, auch ihre Götter begleiteten sie. Der römische Kaiser Konstantin residierte mehrere Jahre in Trier. Sein bevorzugter Gott war Mars, der Kriegsgott. Später gab er dem Sonnengott Sol Invictus den Vorzug. Im Jahre 311 brach er von seinem Herrschersitz in Trier zu einem Feldzug gegen seinen Rivalen Maxentius auf, welcher auch die Kaiserkrone begehrte. Die Legende erzählt, dass der Gott der Christen Konstantin zum Sieg verhalf. Er beendete daraufhin die Christenverfolgung und das Christentum gewann immer mehr an Einfluss im Römischen Reich, bis es im Jahre 380 sogar zur Staatsreligion erhoben wurde. Nun wendete sich das Blatt. Die Christen begannen die römischen Heiligtümer zu zerstören und verfolgten die Heiden. Die Intoleranz der Ein-Gott-Politik nahm ihren Lauf bis in die heutige Zeit. In der Antike koexistierten noch die verschiedensten Götter friedlich nebeneinander, die kulturellen Praktiken und religiösen Gebräuche waren vielfältig und niemand hatte damit Probleme. Das Pantheon, das allen Göttern geweihte Heiligtum der Antike, kannte keine

Konkurrenz zwischen den Göttern, und die Menschen waren weit entfernt vom Homogenisierungswahn späterer Fanatiker. Doch dann schlich sich der Monotheismus ein. Bereits der ägyptische Pharao Echnaton, der Vater des berühmten Tutanchamun, hat im zweiten Jahrtausend vor Christus einen monotheistischen Versuch gewagt und den Sonnengott Aton zum einzigen akzeptierten Gott erklärt. Nach Echnatons Tod wurde der Polytheismus schleunigst wiederhergestellt, und die Herrschaft von Echnaton wird als die schwarze Periode in der Geschichte Altägyptens bezeichnet. Die Auseinandersetzungen zwischen dem Römischen Reich und den Juden hatten weniger religiösen als vielmehr pekuniären Charakter. Die römischen Statthalter kümmerten sich kaum um den jüdischen Gott Jahwe, vielmehr bereicherten sie sich an den Steuereinnahmen, verlangten noch höhere Steuergelder, drangen in den Tempel ein und raubten den Juden den Tempelschatz. Die Christen hingegen, selber ehemalige Juden, frönten vehement dem Monotheismus und verweigerten dem römischen Kaiser die Anerkennung als Gott, was einem Staatsverrat gleichkam. Dies war der Grund für die Christenverfolgung durch die Römer. Es ging dabei weniger um deren Gott als vielmehr um die Anerkennung des römischen Kaisers als oberste, göttliche Macht. Nachdem Jesus, der Sohn einer Sterblichen und eines Gottes, in den Himmel aufgestiegen war, tolerierten die Christen keinen anderen Gott mehr neben dem ihrigen. Es ging dabei auch vergessen, dass sich Jesus mit seiner Himmelfahrt in bester griechisch-römischer Gesellschaft befand, denn auch Herakles, Perseus und viele andere Heroen wurden nach ihrem Tod in den göttlichen Olymp aufgenommen. Sie alle entstammten einer Verbindung zwischen einem Gott und einer Sterblichen. Insbesondere der höchste griechische Gott Zeus war berühmt für seine Eskapaden mit irdischen Frauen. Auch die römischen Kaiser genossen den Vorzug der Himmelfahrt, aber für das christliche Verständnis war dies etwas anderes. Sobald das Christentum zur Staatsreligion arriviert war, drehte sich der Spiess. Fortan brachten die Christen im Zeichen des Kreuzes den Heiden und Juden den Tod, immer im Namen ihres allein berechtigten Gottes. Das Kreuz als Inbegriff des Todes, als Symbol einer Wahrheitsneurose, welche jahrhundertelang Tod, Verderben und Alpträume über die Völker brachte. Kaum war dieser Fanatismus einigermassen überwunden, bildete sich ein neuer heraus. Heute verdammen militante Islamisten all jene, welche einen anderen Gott als Allah verehren, und sprengen daher sich und anders Gläubige in die Luft. Ob dieser Irrsinn im Namen eines Gottes jemals ein Ende nehmen wird?

Nicht alle Römer waren aus freien Stücken in diesen kalten Landstrich gekommen, die Bridge Gäste hingegen waren freiwillig hierher gereist, auch wenn der eine oder die andere dies im Nachhinein bedauern mochte. Der erste Schock über den plötzlichen Tod von Radka hatte sich gelegt, ebenso die Aufregung über die polizeiliche Einvernahme. Irgendwie hatte dies alles auch eine gewisse Spannung in sich, wer war schon jemals von einem Inspektor einvernommen worden! Auch die Überführung der Leiche in die Gerichtsmedizin und das Verbot, den *Tatort* zu verlassen, dies alles erinnerte an die dramatischen Kriminalromane von Agatha Christie, wobei auch das Bridge Spiel einen würdigen Rahmen ergab. Und die Möglichkeit, dies alles später zu Hause im Bridgeclub detailliert zu schildern, vermochte die Laune der zumeist älteren Bridge Generation trotz der tragischen Umstände und Unannehmlichkeiten doch etwas zu erhellen. Nur schade, dass es keinen Butler in diesem Haus gab, Petra war dafür im wahrsten Sinn des Wortes lediglich ein magerer Ersatz. Trotzdem musste man ihr zugutehalten, dass sie es geschafft hatte, in dem ganzen Chaos noch eine Mittagsmahlzeit für die Bridge Gesellschaft auf den Tisch zu zaubern. Zwar war es nur eine einfache Reissuppe und kalter Aufschnitt, sowie ein Karamellpudding zum Nachtisch – wahrscheinlich aus dem Beutel – aber alle wussten dies zu schätzen. Drago, der neben Linda sass, konnte es sich allerdings nicht verkneifen, ihr „Vorsicht Suppe!" ins Ohr zu flüstern. Im ersten Moment leicht schockiert musste Linda dann doch lächeln und konterte „Ihre ist mit wenig Salz." Petra stand mit einer frischen Aufschnitt Platte daneben und hatte es ebenfalls gehört. Zum ersten Mal an diesem Tag lachte sie und zwinkerte Linda zu. Petra hatte sich nach dem Vorfall bei Linda entschuldigt. Sie war mit den Nerven am Ende gewesen, auch wegen der ganzen Sache mit Hermann und dass sie plötzlich allein für alles verantwortlich war. Linda hatte Verständnis.

Nach dem Essen begaben sich einige auf einen Spaziergang, andere wollten ihre Familie und Freunde über die unerwarteten Ereignisse informieren und die dritte Gruppe brauchte dringend eine kurze Erholungspause in ihren Zimmern. Linda und Alex gingen in die Bibliothek. Dieser Raum war gemütlich. An allen vier Wänden reichten die Bücherregale bis zur Decke und unzählige Bildbände und Zeitschriften waren zusätzlich auf dem Boden und auf kleinen Salontischen gestapelt. Ein altmodisches Sofa aus rosa Samt und mit geschwungenen Füssen stand unter dem Fenster neben dem Kamin. Linda kuschelte sich hinein und sagte: „Du hast mir noch immer nicht gesagt, was du in Trier getrieben hast."

Alex setzte sich in einen Fauteuil und erzählte ihr alles über seine Familienforschung. Er schilderte seinen Besuch auf dem Grundbuchamt mit den Einträgen über die früheren Eigentümer dieses Hauses und er konnte nicht verhehlen, dass er stolz war auf seinen Trick mit dem Magazin *Gourmet Küche in Deutschland*. Er berichtete auch über den Besuch bei Hermann im Spital und danach im Biestumsarchiv Trier.

Linda hörte gespannt zu. Sie hatte sich erhoben und schlenderte den Wänden mit den Bücherregalen entlang. Plötzlich blieb sie stehen.

„Schau mal, Alex, diese schöne Schmuckschatulle, sie ist aus Holz geschnitzt." Sie nahm die Schatulle vom Regal herunter und stellte sie auf den Tisch neben Alex.

„Meine Grossmutter hatte auch so eine Schatulle", sagte Linda. Mein Grossvater hatte sie für sie gemacht, als er im Ersten Weltkrieg an der Front war."

„Ach ja, er war an der Front? Das hast du mir gar nie erzählt."

„Diese Schatullen haben immer auch ein Geheimfach. Siehst du hier diesen Aufsatz auf dem Deckel, er ist sehr hoch, da könnte ein Hohlraum verborgen sein."

„Zuerst die vergiftete Suppe und jetzt der verborgene Schatz", witzelte Alex.

Linda konzentrierte sich auf den Deckel und drückte an der Seite herum. Plötzlich verschob sich der Aufsatz um einen Zentimeter. Beide erschraken.

„Was habe ich dir gesagt! Wie bei der Schatulle von meiner Grossmutter", rief Linda fröhlich. Sie schob den Aufsatz weiter nach hinten und tatsächlich lag darunter ein verborgenes Fach.

„Wie funktioniert das?" fragte Alex aufgeregt.

„Es wird eine Feder hineingearbeitet, und wenn man an der richtigen Stelle drückt, dann springt die Feder zurück und *Sesam* öffnet sich!"

In dem Fach lagen alte Schwarzweissfotos. Linda nahm sie behutsam heraus und breitete sie auf dem Boden aus.

„Ich weiss nicht, Linda, das ist Eindringung in die Privatsphäre, was wir da machen."

„Das musst ausgerechnet du sagen, du stocherst seit Tagen mit unlauteren Mitteln in dieser Familiengeschichte herum. Ich schaue mir nur ein paar Fotos an, die zufällig in der Bibliothek liegen."

Es waren Familienfotos. Zwei kleine Mädchen in hübschen Kleidern und mit Schleifen im Haar posierten einmal im Garten zwischen Blumen, dann im Hof zusammen mit einem Hund, und mehrmals in Gesellschaft eines stattlichen Mannes.

„Süsse Kinder", sagte Linda.

„Denkst du, das sind Fotos von den beiden Töchtern, die auch unten in der Gaststube auf dem Bild an der Wand zu sehen sind?"

„Alex, du hast Recht, das müssen die beiden Töchter sein, zusammen mit ihrem Vater. Der Mann sieht gleich aus wie der Herr auf dem Foto in der Gaststube, nur etwas jünger."

Linda drehte das Foto um. Auf der Rückseite stand etwas in verblichener Tinte.

„Kannst du das entziffern?" fragte Alex.

„Flora und Frieda mit Papa, 1895", las Linda. „Sollen wir die Fotos Hermann zeigen?"

Alex zögerte. „Besser nicht, sonst denkt er, wir spionieren hier herum."

„Was wir auch tun", ergänzte Linda.

Alex hatte bisher nichts von seinen nächtlichen Nachforschungen im Keller erwähnt.

„Komm, wir legen die Fotos zurück und verschliessen das Fach wieder. Ich muss dir noch etwas anderes erzählen."

Aber jetzt muss ich vor dem Nachtessen noch einige Gespräche mit der Firma und der Familie erledigen. Ich erzähle es dir heute Abend nach dem Turnier."

Es dämmerte als Anja und Drago mit dem Wagen zurück nach Grünwald fuhren. Anja sass hinten im Fonds. In Wien hatte sie einen Chauffeur. Sie war es gewohnt, hinten zu sitzen, sie fühlte sich dort wohler. Als ihr Mann noch lebte, fuhr er selber und sie sass vorne neben ihm. Er war schon viele Jahre tot, Lungenkrebs. Er war ein starker Raucher gewesen. Am Schluss wäre er erstickt, aber die Ärzte gaben ihm reichlich Morphium. Er hatte ihr ein grosses Vermögen hinterlassen, aber das Geld konnte die Lücke nicht ausfüllen, die sein Tod hinterlassen hatte. Wenn sie Kinder gehabt hätten, dann wäre sie nun Grossmutter und weniger allein. Sie hatten Hunde gehabt, Pudel. Nicht die kleinen Pudel, sondern die grossen langbeinigen Königspudel. Kastor und Pollux hiessen sie, Brüder, aus demselben Wurf. Die beiden waren unzertrennlich wie ihre Namensvetter aus der griechischen Mythologie. Pudel sind intelligent. Ihr Mann liebte es, mit ihnen lange Spaziergänge zu machen. Als er noch gesund war, ging er jeden Tag zwei Stunden mit ihnen in den Park. Manchmal streifte er mit ihnen durch den Wiener Zentralfriedhof. Der Zugang war für Hunde verboten, aber er kannte einen der Friedhofswächter. Dieser mochte Hunde. Er bewunderte die beiden Pudel und liess sie passieren. Vor zwei Jahren starb zuerst Kastor. Er hatte ein Nierenversagen und musste eingeschläfert werden. Pollux hörte auf zu fressen. Alles Zureden brachte nichts. Selbst seine Lieblingsspeise, Kalbsherz, verweigerte er. Hätte Zeus auch ihn wählen lassen, entweder als Unsterblicher bei den Göttern im Olymp zu leben, oder mit seinem sterblichen Bruder Kastor jeweils einen Tag im unterirdischen Reich der Toten und einen Tag im Olymp bei den Göttern zu weilen, hätte auch er die zweite Variante gewählt und wäre mit seinem Bruder zwischen dem Olymp und dem Hades hin und her gewandert. Aber beide Pudel waren sterblich und bevor Pollux verhungerte, liess Anja auch ihn mit Hilfe einer Spritze durch den Tierarzt erlösen. Die beiden waren wunderschöne, schwarze Tiere mit weichem, wolligem Fell. Sie bellten nie, aber wenn Anja am Morgen zu lange schlief, schnappten sie sich einen Gummiball und warfen ihn so lange gegen die Schlafzimmertüre, bis sie aufstand und den Futternapf füllte; es waren kluge Tiere.

Anja war noch immer erschüttert. Ihr Gesicht war schneeweiss und sie zitterte.

Drago blickte in den Rückspiegel. „Ist dir nicht gut?" fragte er.

„Nicht gut ist sehr milde ausgedrückt."

„Was ist los? Warum wolltest du plötzlich aufbrechen?"

„Erinnerungen, schreckliche Erinnerungen."

„Willst du darüber reden?"

Sie nickte. „Früher, es war Krieg." Sie verstummte.

„Und dann? Anja, wenn dich etwas bedrückt, kannst du es mir sagen. Vielleicht kann ich dir helfen. Wir kennen uns lange genug."

Sie schwieg. Ihre Gedanken glitten Jahre zurück, und sie fühlte wieder den Schmerz und die Verzweiflung von damals.

Anja, schlaf nicht. Der Salat muss gewaschen werden, die Karotten sind noch nicht geschält. Beeil dich. Die Herren wollen pünktlich essen.

Ja, Frau Fürst. Anja arbeitete so schnell sie konnte. Sie war sechzehn Jahre alt und musste selber für ihren Lebensunterhalt sorgen. Es war Krieg. Ihr Vater war gefallen, die Mutter und der jüngere Bruder waren im Bombenhagel umgekommen. Anja war allein. Sie war froh, dass sie in der Küche im Hotel Fürstenau eine Stelle gefunden hatte. Die Gestapo hatte dort ihr Quartier aufgeschlagen. Anja hatte sich unsterblich in Gerhard verliebt, den reichen und verwöhnten Sohn. Er war sechs Jahre älter als sie und erfahren.

Eines Tages kam Gerhard zu ihr in die Küche. Anja, flüsterte er, der Obersturmführer will dich kennenlernen. Du sollst nach dem Essen zu ihm aufs Zimmer gehen.

Anja schüttelte den Kopf. Ich will das nicht, sagte sie.

Du musst aber, und morgen ist der Truppführer dran. Gerhard grinste.

Anja fürchtete sich. Sie hatte keine Wahl, wo hätte sie hingehen sollen? Die Männer taten alles mit ihr. Und Gerhard, er verachtete und benutzte sie.

Sie erzählte Drago die ganze Geschichte.

„Ich war nicht immer reich, das weisst du. Mein Mann war wohlhabend, ihm verdanke ich die Häuser und die Juwelen. Wir waren glücklich zusammen, Gott habe ihn selig. Aber diese Zeit im Hotel Fürstenau konnte ich nie vergessen. Gerhard hat mich damals ausgelacht, hat mich verachtet. Für ihn war ich ein billiges Küchenmädchen mit dem man alles anstellen konnte." Anja schwieg.

„War dies der Grund für unsere Bridgeferien in diesem abgelegenen Kaff?" fragte Drago.

„Ich hoffte, er sei tot, er ist über achtzig."

„Und er lebt noch. Und jetzt, was willst du tun?" fragte Drago.

„Er hätte beinahe mein Leben zerstört."

„Willst du dich rächen?"

„Das wäre schön", sagte sie und schwieg eine Weile.

„Was hältst du von einem neuen Lancia Thesis? Die Limousine?" fragte sie schliesslich.

Drago schüttelte den Kopf. „Mein Kindheitstraum war schon immer ein gelber Jaguar XJ8."

„Ein wundervoller Wagen", antwortete Anja.

Sie waren in Grünwald angekommen und Drago parkte hinter dem Gasthof.

„Wir sprechen heute Abend nach dem Turnier darüber", sagte Drago.

Im Bridgeraum lauerte Angelika Alex auf.

„Wo hast du dich den ganzen Nachmittag versteckt?" fragte sie vorwurfsvoll.

Linda zog die Augenbrauen in die Höhe, wandte sich Drago zu und fragte mit zuckersüsser Stimme: „Darf ich heute mit Ihnen spielen?"

Drago hatte die Szene beobachtet und grinste. „Nur zu gerne, aber Sie wissen ja, als Pole bin ich der österreichischen Gräfin verpflichtet. Leibeigener sozusagen!"

„Ich dachte, die Leibeigenschaft sei im österreichischen Teil Polens 1848 abgeschafft worden."

„Fronarbeit ist noch heute weit verbreitet", scherzte Drago. „Zwar nicht mehr ganz umsonst, aber trotzdem nicht weniger verpflichtend."

„Also doch nicht kostenfreie Nutzung!" konstatierte Linda schlagfertig.

Drago stutzte über die Zweideutigkeit, fing sich aber sogleich wieder. „Ökonomische Kalkulation!" konterte er.

Linda lächelte und ging zum nächstbesten freien Platz.

Am Abend nach dem obligaten Turnier fuhr Alex zusammen mit Angelika wieder nach Trübenbach ins Hotel Fürstenau zum Cocktail. Herr Fürst begrüsste sie und schaute missbilligend auf den tiefen Ausschnitt von Angelika und die hautenge Zebrahose.

„Bei Ihnen ist allerhand los", sagte er zu Alex gewandt. „Ich meine im Gasthof", präzisierte er die zweideutige Bemerkung.

„Das weiss man hier auch schon", erwiderte Alex.

„Petra hat mich informiert."

„Sie kennen Petra?"

„Aber natürlich, sie ist die rechte Hand von Hermann. Sie hat mich heute Morgen angerufen. Sie muss das Ehepaar, welches für morgen angemeldet ist, irgendwo unterbringen."

„Und die Leute werden nun bei Ihnen wohnen?" fragte Alex

„Sicher, ich mache auch einen vernünftigen Preis für sie, man ist gerne behilflich bei all diesen Aufregungen", sagte Herr Fürst.

„Und wir brauchen nach all den Aufregungen einen umwerfenden Cocktail", unterbrach Angelika die beiden und zerrte Alex zu einem kleinen Tisch am Fenster.

„Umwerfend ist der richtige Ausdruck", brummte Herr Fürst und rief einen Kellner herbei. In den aufstrebenden Fünfzigerjahren wussten die Leute noch, wie sich zu kleiden, dachte er. Damals trugen die Damen, die in diesem Hotel verkehrten, elegante Kleider, Pelzmäntel und Perlencolliers, keine Pyjamahosen. Niemand hätte sich mit einer Frau in diesem Aufzug in der Öffentlichkeit gezeigt. Kopfschüttelnd verschwand er in die Küche.

„Der Alte fühlt sich wie der Grandseigneur im Palast aus dem letzten Jahrhundert", bemerkte Angelika verärgert.

„Warum, was meinst du?" fragte Alex arglos.

„Hast du etwa nicht den verächtlichen Blick bemerkt, den er auf meinen Ausschnitt geworfen hat? Ist wohl ein wenig prüde, der alte Herr."

Alex war die leicht frostige Art von Fürst ebenfalls aufgefallen, aber er wollte sich nicht weiter darum kümmern.
Zum Glück brachte ihnen der Kellner in diesem Moment
die beiden Haus-Cocktails mit dem sinnigen Namen *Lord
of Green* in Anlehnung an den Namen des Hotels, und nach
einem ersten Schluck vergassen beide den unangenehmen
Zwischenfall. Die Verführungskünste von Angelika liessen Alex schmelzen wie ein Greyerzer-Käse in einem
Schweizer Fondue. Ihre subtilen Bemerkung und ihre sinn-
lichen Kurven weckten in ihm ein unbändiges Verlangen
nach ihrem Körper. Auf der Rückfahrt nach Grünwald fuhr
er auf einen Parkplatz neben der Strasse mitten im Wald,
senkte die Sitzlehnen in die Horizontale und zusammen mit
Angelika praktizierte er auf engstem Raum Kamasutra auf
höchster Ebene. Die leuchtenden Sterne am Himmel blink-
ten abwechselnd gelb, grün, rot und violett wie die Farben
im Whirlpool eines fünf Sterne Hotels. Die Wipfel der
Bäume schaukelten schnell und immer schneller und die
Stossdämpfer quietschten und ächzten. Die Schreie der
Nachtigall hallten durch die dunkle Nacht und die Augen
der verwunderten Rehe weiteten sich. Ein einsamer Fuchs
schlich um den Wagen herum und erschreckt durch das
Brüllen des Löwen flüchtete er ins dunkle Unterholz. Und
nicht nur das Autoradio seufzte mit Leonard Cohen *Halle-
lujah.*
  Sowohl für Angelika als auch für Alex war es Jahr-
zehnte her, seit sie sich in einem Auto im Wald vergnügt
hatten. Und dies alles an einem Tag, wo eine freundliche
Bridgespielerin plötzlich und unerwartet verstorben war.
Aber das Leben geht weiter und die Liebe auch. Doch war
dies wirklich Liebe oder war es sexuelle Begierde. Gibt es
dabei überhaupt einen relevanten Unterschied? Alex
wusste es nicht. Im Moment interessierte es ihn auch nicht.
Wie oft hatten er und seine Frau einen Neuanfang versucht,

und wie oft waren sie dabei gescheitert. Manchmal muss man das Alte loslassen und einen Neubeginn wagen. Aber natürlich, da waren die Kinder, die Familie, die konnte man nicht einfach loslassen, wollte sie nicht loslassen, sie waren Bestandteil des Lebens, der Vergangenheit und auch der Zukunft und würden es immer bleiben. Und da war immer wieder die Hoffnung, das schlimmste aller Übel, welche unbemerkt aus der Büchse der Pandora entwichen war. Die Hoffnung, dass es doch wieder klappen würde mit der Beziehung, dass sie sich wieder verstehen würden. Warum war das Leben so kompliziert? Als Linda beschlossen hatte, sich scheiden zu lassen, verging kein halbes Jahr und sie war geschieden. Warum war alles bei ihm immer so schwierig? Warum machte er sich so viele Gedanken und kam doch nicht vom Fleck?

„Alex, träumst du?" Die sanfte Stimme von Angelika holte ihn zurück in die Realität.

„Du bringst mich zum Träumen", flüsterte er. „Hätte Goya dich gekannt, hätte er nicht Maja, sondern dich gemalt. Dann wärst du auf der spanischen Briefmarke von 1930 abgebildet."

Angelika lachte. „Was bist du für ein Schmeichler!" Sie fuhr ihm mit den Fingern durch sein lichtes Haar und küsste ihn auf den Mund.

„Aber ich denke, wir sollten trotzdem langsam zurückfahren, sonst werden wir auch noch vermisst."

Die Nacht war kalt. Pegasus und Andromeda glitzerten am klaren Nachthimmel und begleiteten die beiden bis nach Grünwald.

Grünwald, Mittwoch 6. November 2002

Die Nachricht schlug ein wie ein Blitz aus heiterem Himmel, obwohl der Himmel über Grünwald auch an diesem Tag nicht heiter, sondern trüb und regnerisch war. Die gerichtsmedizinischen Untersuchungen hatten ergeben, dass Radka nicht eines natürlichen Todes gestorben war. Sie wurde vergiftet. Inspektor Schröder beehrte die Bridge Gesellschaft mit dieser Nachricht, als sie beim Mittagessen respektive beim köstlichen Nachtisch sass. Es war eine von Hermann liebevoll zubereitete Mousse aus schwarzer Schokolade mit 80 % Kakaogehalt und mit einem Schuss Vieille Prune darin, und zur Verzierung der Kreation geschnitzte Mango Stücke in Form von Sternen. Hermann wollte dem Inspektor ebenfalls eine Mousse servieren, aber dieser lehnte kurz angebunden ab, er sei im Dienst. Natürlich war Alkohol während des Dienstes nicht erlaubt, aber verarbeitet in einer köstlichen Mousse! Vielleicht fürchtete er sich aber auch von einem erneuten Giftanschlag aus der Küche. Jedenfalls verkündete er ohne Rücksicht auf die schlemmende Gesellschaft, dass er gezwungen sei, sämtliche Befragungen der Bridge Gäste nochmals durchzuführen und dass er nun sogleich damit beginnen wolle. Zum ersten Mal in dieser Woche waren alle ein und derselben Meinung. Normalerweise stritten sie sich über das Lizit, über das Ausspiel und über das Gegenspiel, jeder hatte seine eigene Ansicht und niemand hielt sich mit Vorwürfen an Partner und Gegner zurück. Nun aber war man einhellig der Meinung, dass eine sofortige Einvernahme überhaupt nicht in Frage kam und dass sie zuerst den herrlichen Dessert zu Ende geniessen und danach noch einen Espresso trinken wollten. Inspektor Schröder war machtlos und

112

setzte sich resigniert auf einen Stuhl. Ob er nicht doch von der Mousse kosten wolle, fragte ihn Hermann nochmals, aber er schüttelte nur indigniert den Kopf. Vielleicht einen Espresso, hakte Hermann nach. Der Inspektor gab keine Antwort und starrte grimmig vor sich hin.

Nachdem schliesslich alle auch noch den letzten Rest der himmlischen Mousse aus der Dessertschale gekratzt hatten und der Espresso getrunken war, räusperte sich Arik, schob seine Brille auf der spitzen Nase nach oben und meinte, „ich denke, wir sind nun alle fertig."

Daraufhin schnippte die österreichisch Gräfin mit dem Finger und verkündete förmlich: „Herr Inspektor, Sie können mit der Befragung beginnen."

Es war ein zermürbender Nachmittag für alle Beteiligten. Inspektor Schröder stellte nochmals dieselben Fragen, bohrte teilweise etwas tiefer als beim ersten Mal und schien doch nicht weiterzukommen. Die drei Hauptverdächtigen, Linda, Petra und Manfred hatte er sich für die Befragungen am Schluss aufgespart. Er wollte zuerst alle anderen Personen nochmals ausquetschen und darauf achten, ob sich irgendwelche neue Indizien oder Ungereimtheiten ergaben.

„Nun erzählen Sie mir nochmals genau und detailliert, wie es sich mit der Extrasuppe für die verstorbene Radka verhielt", sagte Inspektor Schröder und blickte dabei Linda prüfend an.

„Ich habe Ihnen bereits alles erzählt", antwortete Linda etwas gereizt, „aber ich tue es gerne noch einmal. Ich half Petra bei der Zubereitung der Suppe. Radka hatte einen zu hohen Blutdruck, daher sollte sie wenig Salz essen. Wir nahmen eine Portion der Suppe"

„Wer ist wir?" unterbrach Inspektor Schröder.

„Ich nahm eine kleine Pfanne und schöpfte eine Portion von der Suppe hinein, bevor sie gewürzt wurde. Die Pfanne stellte ich auf eine Herdplatte auf kleinem Feuer, damit der Inhalt nicht abkühlte. Danach würzte Petra die Suppe in der grossen Pfanne, goss sie in eine Suppenschüssel aus Porzellan, und ich trug diese Suppenschüssel in die Gaststube und verteilte die Suppe. Danach ging ich mit dem Teller von Radka in die Küche zurück und goss die salzlose Suppe aus der kleinen Pfanne in den Teller und brachte ihn Radka."

„Wo war Petra während dieser Zeit?"

„In der Küche."

„Allein?"

„Ich denke, sie war allein."

„Sie hätte demnach Zeit gehabt, der Suppe, welche für Radka bestimmt war, etwas beizufügen?"

„Warum sollte sie?" wendete Linda ein.

„Ich stelle die Fragen", erwiderte Inspektor Schröder scharf. „Wie war das Verhältnis zwischen Petra und Radka?"

„Die beiden hatten kein Verhältnis", sagte Linda betont spitz.

„Gab es einmal Streit zwischen den beiden?"

„Nicht dass ich wüsste."

„Können Sie sonst noch etwas dazu ergänzen?"

Linda verneinte.

„Danke, Sie können gehen. Würden Sie bitte Manfred zu mir hineinschicken."

Linda gab Manfred Bescheid, dass ihn Inspektor Schröder nun befragen möchte. Dieser erhob sich achselzuckend, klopfte und trat in die Bibliothek zum Inspektor.

„Ich möchte Ihnen nochmals mein herzliches Beileid zum Tode Ihrer Bekannten ausdrücken", begann Inspektor Schröder taktvoll. „Ich bedaure sehr, was vorgefallen ist und dass ich Sie nun nochmals mit Fragen behelligen muss. Bitte nehmen Sie Platz."

Manfred nickte und setzte sich.

„Wie Sie mir bereits gesagt haben, kannten Sie die Verstorbene schon lange. Können Sie mir nochmals genau schildern, wie und wann Sie Radka gefunden haben."

Manfred erzählte dem Inspektor nochmals, wie es an jenem Morgen war, dass er nichts von Radka hörte, dass er klopfte und niemand antwortete. Die Türe war nicht verschlossen und er öffnete sie einen Spalt breit. Radka lag auf dem Bett, sie war sehr bleich und rührte sich nicht. Manfred ging darauf ins Zimmer hinein und merkte, dass etwas nicht in Ordnung war mit Radka. Daraufhin holte er Heidrun, die Ärztin, die im Zimmer gegenüber wohnte, und diese sagte, dass Radka nicht mehr lebe.

Inspektor Schröder nickte nachdenklich.

„Und am Abend zuvor haben Sie da die Verstorbene noch gesehen, nachdem sie auf ihr Zimmer gegangen war?"

Manfred verneinte. „Wir spielten nach dem Abendessen das Bridgeturnier wie jeden Abend, und dies dauerte mehr als zwei Stunden. Danach habe ich zusammen mit anderen Bridgespielern in der Bar ein Glas Wein getrunken. Es war gegen Mitternacht, als ich auf mein Zimmer ging. Ich hielt kurz mein Ohr an die Zimmertüre von Radka, aber da alles still war und kein Licht unter dem Türspalt durchschimmerte, nahm ich an, dass sie friedlich schlafe."

„Haben Sie ins Zimmer hineingeschaut?"

„Natürlich nicht, ich wollte sie nicht wecken", antwortete Manfred irritiert.

„Beim Nachtessen sassen Sie neben Radka?"

„Das ist richtig."

„Wer sass auf der anderen Seite?"

Manfred überlegte kurz. „Das war, soweit ich mich erinnere, Heidrun, die Ärztin."

„Und Radka bekam als Letzte die Suppe serviert?"

„Jawohl, Linda brachte ihr einen Teller mit weniger Salz."

„Als Linda den Teller brachte, war da Petra auch in der Gaststube?"

„Petra? Nein, ich glaube nicht, sie hat nicht mit uns gegessen und war wahrscheinlich in der Küche mit dem nächsten Gang beschäftigt. Da Hermann im Spital war, kümmerte sie sich um das ganze Essen."

„Wissen Sie, ob Radka ein Testament hinterlässt?"

„Oh ja, das weiss ich. Ich war ihr Vermögensverwalter und bin auch als Nachlassverwalter eingesetzt."

Inspektor Schröder zog die Augenbrauen in die Höhe. „Wissen Sie, wer die Erben sein werden?"

„Falls Radka kein neues Testament gemacht hat, was ich nicht annehme, und das Testament, welches sie mir zur Verwahrung gegeben hat, somit das einzige ist, dann wird eine jüdische Wohlfahrtsstiftung ihre Wertschriften und das liquide Vermögen erben. Ihre Hälfte des Hauses in Frankfurt, in welchem wir beide in je einer eigenen Wohnung wohnen, wird an mich übergehen."

„Das heisst, Sie erben ein halbes Haus?"

„Richtig. Das Haus gehört uns beiden je zur Hälfte, und wir haben uns testamentarisch gegenseitig als Erben eingesetzt."

Inspektor Schröder überlegte einen Augenblick. Dann sagte er: „Das ist eine wertvolle Schenkung, die Sie da erhalten."

Manfred blickte ihm in die Augen. „Und?" fragte er nur.

„Danke", antwortete Inspektor Schröder, „im Moment habe ich keine weiteren Fragen. Ich muss Sie aber bitten, vorerst hier in diesem Ort zu bleiben, bis weitere Abklärungen zum Tod von Radka getroffen worden sind."

„Sie verdächtigen mich?" fragte Manfred etwas ungehalten.

„Jeder ist im Moment verdächtig, solange wir nicht mehr wissen", sagte Inspektor Schröder.

Manfred schüttelte den Kopf und stürmte aus dem Zimmer hinaus.

Inspektor Schröder machte sich einige Notizen. Dann erhob er sich, öffnete die Tür und bat Petra herein.

„Sie haben mir bei unserer ersten Befragung nicht erzählt, dass Sie für die Verstorbene eine spezielle Suppe zubereitet haben." Der Inspektor musterte Petra.

„Nein, natürlich nicht", fuhr Petra auf. „Es hat ja auch niemand angenommen, dass die Frau vergiftet worden ist. Ich hielt dies nicht für wichtig. Ausserdem habe ich nicht eine spezielle Suppe für sie zubereitet, sondern lediglich eine Portion von der Suppe separat weggestellt, bevor ich sie gewürzt habe, wegen dem Salz. Aber das wissen Sie wohl bereits von Linda."

„Haben Sie die Portion beiseite gestellt?"

„Natürlich, wer denn sonst?"

„Linda sagte, sie hätte eine Portion in eine kleine Pfanne abgefüllt."

„Mag sein, ich weiss das nicht mehr so genau. Linda hat mir freundlicherweise in der Küche geholfen. Was glauben Sie, was das für ein Stress war, als Hermann plötzlich ausfiel und ich alles alleine machen musste!"

„Sie können sich also nicht erinnern, wer die Portion zur Seite gestellt hat?"

„Nein, ich habe das nicht mehr präsent. Aber wenn Linda sagt, sie hätte es gemacht, dann wird es wohl so sein."

„Aber die Extraportion war in einer kleinen Pfanne auf dem Herd?"

„Herr Inspektor, es ist viel geschehen in dieser kurzen Zeit. Hermann wurde ohnmächtig und musste mit einer Blutvergiftung ins Spital eingeliefert werden, ich musste den ganzen Laden alleine weiterführen, dann stirbt ein Gast! Glauben Sie wirklich, ich könne mich noch an solche Details erinnern?"

„Vielleicht wollen Sie sich nicht erinnern?"

„Was soll das nun heissen?"

„Hatten Sie Streit mit der Verstorbenen?"

„Streit? Wieso denn Streit? Nein, ich hatte keinen Streit."

„Auf dem Nachttisch neben dem Bett der Verstorbenen stand ein leeres Glas. Mein Instinkt hat mich damals, obwohl man von einem natürlichen Tod ausging, dazu veranlasst, das Glas mitzunehmen. Auf dem Glas finden sich Ihre Fingerabdrücke."

„Wahrscheinlich finden sich auf jedem Glas in diesem Haus meine Fingerabdrücke. Die Gläser springen nämlich nicht von selber aus der Spülmaschine." Petra war verärgert.

„Wie kam das Glas in das Zimmer der Verstorbenen?"

Petra überlegte. „Die Frau bat mich an jenem Abend, ihr ein Glas mit aufs Zimmer zu geben. Sie fühlte sich nach dem Essen nicht wohl und wollte sich ein Glas Wasser neben das Bett stellen. Und sie betonte, sie möge dafür nicht das Zahnputzglas nehmen. Daher gab ich ihr ein Glas und sie hat es mit auf ihr Zimmer genommen."

„Daran erinnern Sie sich nun plötzlich?"

„Ja, weil ich fand, das sei doch etwas kompliziert. Die Zahnputzgläser sind schliesslich sauber und es gibt in jedem Zimmer zwei davon."

Die Befragung von Petra zog sich in die Länge. Linda war auf ihr Zimmer gegangen und nur Alex und Manfred waren noch in der Gaststube.

„Glauben Sie, Petra hat Radka vergiftet?" Manfred schaute Alex hilflos an.

„Das kann ich mir nicht vorstellen. Sie hatte doch keinen Grund dazu."

Manfred zögerte einen Augenblick, dann sagte er: „Wir waren vor zwei Monaten schon einmal hier, Radka und ich. Damals gab es eine Meinungsverschiedenheit mit Petra."

„Ach, wie kam es dazu?" fragte Alex.

„Radka wollte eine Kopie von der Fotografie, welche in der Gaststube hängt, machen. Sie wissen schon, das Foto mit dem Herrn und seinen beiden Töchtern. Petra war nicht begeistert und sagte, sie müsse zuerst Hermann fragen, aber der war ausser Haus. Radka wollte nicht warten, bis Hermann zurückkam und hat das Bild von der Wand genommen. Wir sind dann damit nach Trübenbach gefahren, um eine Kopie zu machen. Als wir zurückkamen, war Petra ausser sich und beschimpfte Radka."

„Warum wollte Radka eine Kopie von diesem Bild?" forschte Alex.

„Nun, das ist eine lange Geschichte." Manfred machte eine Pause.

„Radka kam 1940 in England zur Welt. Ihren Eltern war 1939 die Flucht aus Prag gelungen. Sie, ihre Schwester und ihre Eltern waren die einzigen der Familie, welche die Vernichtung überlebt haben. Radka begann in den letzten Jahren die Vergangenheit ihrer Familie zu erforschen. Sie wusste wenig darüber, da die Eltern nicht gerne über dieses Thema und die damit verbundenen Schmerzen gesprochen hatten. Sie wusste aber, dass eine Schwester ihrer Grossmutter nach Deutschland geheiratet hatte, Selma hiess sie.

Diese Selma hatte zwei Kinder, Kusinen von Radkas Mutter. Die Eltern von Radka hatten offenbar noch Kontakt gehabt mit den beiden, als sie bereits in England waren. Sie wollten sie nach England holen, aber es war bereits zu spät. Die beiden waren zwar nur Halbjuden, aber sie wurden ebenfalls deportiert."

Manfred schwieg eine Weile.

„Manchmal gibt es Zufälle, die wohl keine Zufälle sind", fuhr er fort. „Sie erinnern sich, dass Ihre Begleiterin, Linda, jene Auktion in London erwähnt hat mit dem Bild von Renoir, dessen Herkunft nicht geklärt ist. Nun, vor zwei Monaten unternahmen Radka und ich eine Fahrt ins Blaue. Einfach einmal wegfahren ohne genaues Ziel. Wir kamen ins Saarland und gelangten zu diesem Gasthof und übernachteten hier. Als Radka am nächsten Morgen zum Frühstück herunterkam, sah sie jenes Foto an der Wand hängen." Manfred deutete auf das Schwarzweissbild mit dem Herrn und den beiden Töchtern. „Sie starrte das Bild an und wurde bleich. Ich fragte sie, ob ihr nicht gut sei. Sie schüttelte den Kopf. Dann erzählte sie mir, dass sie zu Hause ein altes Fotoalbum ihrer Eltern habe. Darin befände sich dasselbe Foto. Die beiden jungen Frauen seien die Kusinen ihrer Mutter. Ich war ein wenig skeptisch, denn die Leute sehen auf diesen alten Schwarzweissfotos alle ähnlich aus, mit denselben Kleidern und Frisuren. Ich machte daher den Vorschlag, wir könnten eine Kopie davon machen lassen und dann die beiden Fotos bei ihr zu Hause vergleichen. Wie bereits gesagt, warteten wir nicht auf die Rückkehr von Hermann und hofften, dass dies niemand bemerken würde. Aber als wir zurückkamen und das Bild wieder aufhängen wollten, erwischte uns Petra und sie beschimpfte Radka, sie sei eine Diebin und so etwas mache man nicht und ich weiss nicht was noch alles."

„Und dann?" fragte Alex.

„Dann haben wir unsere Sachen gepackt und sind weggefahren."

„Und sind dies nun die Kusinen von Radkas Mutter?"

„Ja, aber die Geschichte geht noch weiter. Zwei Wochen später fand diese Auktion in London statt. Radka wurde auf das Bild aufmerksam. Sie sagte, die beiden kleinen Mädchen auf dem Bild seien die Kusinen ihrer Mutter zusammen mit ihrem Vater. Der Vater der Mädchen sei der Onkel ihrer Mutter gewesen. Ihre Mutter habe ihr von diesem Bild erzählt. Ihre Mutter habe auch erzählt, dass jener Onkel Kunst gesammelt und mit einem französischen Maler befreundet war. Dieser habe das Bild gemalt."

„Renoir?" fragte Alex ungläubig. „Und der kam extra nach Grünwald?"

Manfred verneinte. „Der Onkel fuhr oft nach Paris und er brachte dem Maler eine Fotografie mit. Radka hatte diese Fotografie auch zu Hause in ihrem Fotoalbum und hat sie mir gezeigt. Nach dieser Vorlage hat der Maler das Bild gemalt."

„Warum ist die Mutter nicht auch darauf, nur der Vater und die beiden Kinder?" fragte Alex.

„Die Mutter lebte nicht mehr. Sie ist kurz nach der Geburt des zweiten Kindes gestorben."

„Im Kindbett?" fragte Alex.

„Möglich, ich weiss es nicht", antwortete Manfred. „Nun, wir zählten dann eins und eins zusammen. Die Kusinen von Radkas Mutter wurden deportiert. Was geschah mit ihrem Besitz? Offenbar hat sich jemand daran bereichert und dieser jemand wollte nun ein Bild verkaufen, welches dieser Familie gehört hat."

„Daher die Rückforderungsansprüche wegen Raubkunst, die den Verkauf des Bildes blockiert haben", sinnierte Alex. „Und was haben Sie dann unternommen?"

„Der Beweis von solchen Ansprüchen ist nicht einfach, wie Sie sicher wissen. In Tschechien tut sich die Regierung ohnehin schwer damit, den Juden beschlagnahmtes Eigentum zurückzuerstatten. In Tschechien sind Rückforderungsansprüche ein Tabu, und dies hängt auch mit den Deutschen zusammen. Die vertriebenen Deutschen mit ihren Forderungen nach Wiedergutmachung haben die tschechische Regierung dazu veranlasst, jegliche Ansprüche, ob von Deutschen oder von Juden, abzulehnen. Daher hatte es Radka dort gar nicht erst versucht. Aber als das Bild mit dem Onkel und den beiden Kusinen ihrer Mutter auf die Auktion kam, wollte sie dies nicht einfach auf sich beruhen lassen. Durch einen Anwalt haben wir herausbekommen, dass der Einlieferer aus Grünwald stammt. Den Namen konnten wir nicht eruieren. Aber da wir kurze Zeit vorher in diesem Haus jene Fotografie mit dem Onkel und den Kusinen von Radkas Mutter gesehen haben, war für uns klar, dass das Bild von hier kommen musste."

„Haben Sie Hermann mit der ganzen Angelegenheit konfrontiert?" fragte Alex.

„Bisher nicht. Wir wollten zuerst nochmals hierher kommen, um mehr Anhaltspunkte zu erlangen. Daher haben wir an dieser Bridgereise teilgenommen, was einen guten Vorwand für unseren Aufenthalt hier lieferte."

„Und haben Sie etwas herausgefunden?"

„Es ist schwierig", seufzte Manfred. „Dies muss das Wohnhaus der beiden Kusinen gewesen sein, denn sonst würde die Fotografie kaum hier hängen. Aber auf dem Grundbuchamt gab man uns keine Auskunft, wie das Haus ins Eigentum von Hermann gelangt ist und wer vorher Eigentümer war, da wir kein berechtigtes Interesse an den Informationen glaubhaft machen konnten. Ein alter Grundbuchbeamter, sehr unfreundlich, hat uns unwirsch abgewimmelt. Dasselbe im historischen Archiv, auch dort wurden uns die Familienbücher nicht gezeigt, da Radka nicht nachweisen konnte, dass sie eine Verwandte ist.Und jetzt ist sie tot wie all die anderen."

„Werden Sie die Nachforschungen weiterführen?" fragte Alex.

„Wie denn? Ich habe keinen Anspruch und von Radka gibt es keine weiteren Verwandten. Es gibt niemanden mehr von dieser Familie. Niemand kann jetzt noch die Rückgabe des Bildes verlangen."

In diesem Moment öffnete sich die Türe und Petra kam von der Befragung zurück.

„Sie müssen sich weiterhin zur Verfügung halten, ich muss mich darauf verlassen können." Inspektor Schröder sagte es mit Nachdruck.

„Das haben sie mir bereits gesagt", antwortete Petra schnippisch und zuckte indigniert mit den Achseln. „Und wagen Sie es nicht, meinen Vater über Ihre Verdächtigung zu informieren, sonst dreht er noch durch. Dieser Inspektor glaubt tatsächlich, ich würde unsere Gäste vergiften", wandte sie sich an Alex und Manfred. „Ist doch einfach absurd!" Sie ging an den verdutzten Männern vorbei und schmetterte die Türe hinter sich zu.

Das Turnier an diesem Abend war eine Qual für Luise. Die Leute waren unkonzentriert und undiszipliniert. Schon am Anfang des Turniers gab es einen peinlichen Vorfall. Luise versuchte vergeblich, das Stimmengewirr zu übertönen, bis sie schliesslich auf einen Tisch klopfte und energisch darum bat, dass sich endlich alle setzen sollen. Heidrun stand neben einem leeren Tisch ohne Lizitkarten und ohne Spielkarten. Sie setzte sich dort auf einen Stuhl.

„Aber Heidrun", sagte Luise genervt, „wollen Sie denn alleine spielen?"

„Sie haben gesagt, ich solle mich setzen, also habe ich mich gesetzt", entgegnete Heidrun wie ein trotziges Kind.

„Sie sollen sich an einen Tisch mit anderen Spielern setzen", entgegnete Luise ärgerlich.

Knurrend stakste Heidrun zu einem anderen Tisch und nahm gegenüber Angelika Platz.

Auch während des Turniers waren die Leute ungewohnt laut. Immer wieder musste Luise mit erhobener Stimme um Ruhe bitten. Trotzdem war es nie richtig still im Saal. Die Karten wurden mehrmals in den falschen Boards versorgt, und Luise musste mit Hilfe ihrer Unterlagen rekonstruieren, in welches Board sie wirklich gehörten. Und schliesslich fehlte bei einem Paar auch noch eine Karte. Die österreichische Gräfin zählte zum dritten Mal ihre Karten, aber sie kam nur auf zwölf anstatt auf dreizehn Karten. Auch Luise zählte nochmals nach. Eine Karte fehlte. Nach einigem hin und her schaute Drago mehr zufällig unter den Tisch und fischte dort die fehlende Pik 9 hervor. Das Spiel konnte weitergehen. Doch dann geriet sich das Ehepaar Becker in die Haare.

„Schätzchen, ich habe Treff ausgespielt, dann musst du mir auch Treff zurückspielen", sagte Edmund vorwurfsvoll, als das Spiel zu Ende war.

„Gar nichts muss ich", konterte Gabriela gereizt. „Warum spielst du den König aus, wenn du nicht auch die Dame hast? Das macht man nicht."

„Ich hatte auch die Dame."

Überhaupt nicht!" ereiferte sich Gabriela, „ich hatte die Dame! Wenigstens solltest du zu deinen Fehlern stehen!"

„Also Schätzchen, jetzt gehst du zu weit." Edmund wurde rot im Gesicht und seine Halsader trat bläulich hervor. „Wenn du mir so kommst, hat es keinen Sinn, dass wir weiterspielen."

„Es hat schon lange keinen Sinn mehr, dass wir weiter-spielen!" kreischte Gabriela. Sie war dem Weinen nahe.

Bevor das Duell noch weiter eskalieren konnte, trat Luise an den Tisch und versuchte die Situation zu entschär-fen. Linda und Alex sassen mit den beiden am Tisch und wechselten einen kurzen Blick. Zum Glück war das Turnier bald zu Ende und die meisten Spieler verschwanden auf ihre Zimmer. Manfred brauchte Ruhe, Angelika wollte ihren Mann anrufen und Luise war fix und fertig. Auch das Ehepaar Becker und die beiden Holländerinnen gingen auf ihre Zimmer. Nachdem der Heizkörper im Zimmer von Lieke und Fenna entlüftet worden war, war es dort wohlig warm und das klopfende Geräusch hatte aufgehört. Nur Linda und Alex begaben sich noch in die Bar und bestellten ein Glas Wein. Hermann brachte ihnen die beiden Gläser.

„Wie geht es Ihnen?" fragte Linda und schaute auf seinen Fuss, der in einer dicken Mullbinde steckte.

„Besser, Danke", antwortete Hermann. „Glück für mich, dass unter den Bridge Gästen diese Ärztin dabei war. Sie hat sofort und richtig reagiert. Wussten Sie, dass sie in Berlin umsonst arbeitet? Sie betreut zusammen mit Medizinstudenten mittellose Patienten ohne Krankenversicherung. Auch von mir will sie kein Honorar. Sie meinte, ich hätte bereits genug Umtriebe mit dem Fuss und den vielen Gästen."

„Sehr freundlich von ihr", meinte Linda. „Das hätte ich ihr nicht unbedingt zugetraut. Sie ist nicht besonders beliebt in der Gruppe, weil sie immer alles besser weiss."

„Das beobachtet man oft bei Ärzten", warf Alex ein. „Wir alle sind froh, dass es Ihnen besser geht."

„Aber Petra ist schlecht dran", sagte Hermann. „Der Inspektor verdächtigt sie des Giftmordes an Radka. So ein Unsinn, sie hat doch kein Motiv."

„Ich habe gehört, dass sie einen Streit hatte mit Radka, im letzten Oktober, wegen der Fotografie in der Gaststube", sagte Alex.

„Sie haben mit Manfred gesprochen?"

Alex nickte. „Sie haben das Haus vom Vetter Ihrer Mutter geerbt, haben Sie mir im Krankenhaus erzählt. Wollten Sie dieses Familienfoto nie aus der Gaststube entfernen?"

Hermann antwortete nicht sofort. „Das Foto zeigt die früheren Eigentümer des Hauses, die ursprünglichen Generationen, welche hier wohnten", erklärte er schliesslich. „Im Testament hat mein Onkel, ich nannte den Vetter meiner Mutter immer Onkel, verfügt, dass diese Fotografie immer im ehemaligen Wohnzimmer hängen müsse."

„Wirklich? Kannten Sie ihren Onkel gut?"

„Nicht sehr gut, er besuchte uns selten in Hannover. Aber meine Mutter und er hatten ein gutes Verhältnis. Beide sind kurz vor Ausbruch des Krieges geboren und während den schweren Luftangriffen auf Hannover wohnte meine Mutter bei ihren Verwandten. Mein Onkel und sie lebten eine Zeitlang wie Geschwister. Beide waren Einzelkinder. Beide hatten dasselbe Schicksal. Sie selber waren am Krieg nicht beteiligt, weil sie zu jung waren. Trotzdem lastete die Schuld ihrer Eltern auch auf ihnen. Sie hatten ein schlechtes Gewissen für etwas, was die ältere Generation getan hatte."

„Sie sagten im Krankenhaus, dass die eine der beiden jungen Frauen die erste Gattin vom Vater Ihres Onkels war und dass dieser nach dem Tod seiner Frau das Haus geerbt habe."

Hermann nickte.

Alex schwieg einen Moment. „Aber etwas verstehe ich nicht", fuhr er fort. „Herr Fürst hat uns erzählt, dass sich die Ehemänner dieser beiden Frauen mit dem Geld des Schwiegervaters davon gemacht haben. Wie kann es dann sein, dass einer der beiden Diebe trotzdem das Haus seiner Frau geerbt hat?"

„Herr Fürst hat das erzählt?" Hermann verzog sein Gesicht zu einer ärgerlichen Grimasse. „Meine Frau hat sich auch mit meinem Geld davon gemacht. Sämtliche Konten hat sie leergeräumt."

Also doch Zeitschlaufen, fuhr es Linda durch den Kopf. Die Wiederholung derselben Geschichte in derselben Familie an demselben Ort. Vielleicht ist an dieser Theorie doch etwas Wahres dran, dachte sie.

„Haben Sie die Scheidung eingereicht?" fragte Alex.

„Noch nicht."

„Hatte die erste Frau Ihres Verwandten die Scheidung eingereicht, nachdem dieser verschwunden war?"

Hermann schüttelte den Kopf. „Es waren wirre Zeiten damals. Der Erste Weltkrieg, danach die Wirtschaftskrise und dann der Zweite Weltkrieg. Die Leute hatten andere Sorgen."

„Und dann kam er zurück und die Frau, mit der er noch immer verheiratet war, starb und er bekam das Haus?" bohrte Alex weiter.

Hermann nickte. „Zuerst lebte er mit der zweiten Frau zusammen, ohne verheiratet zu sein. Sie zog mit dem Kind - meinem Onkel - zu ihm ins Haus und er sagte, sie sei seine Haushälterin. Sie war viel jünger als er. Erst später hat er sie geheiratet und meinen Onkel als sein eigenes Kind anerkannt oder adoptiert, was weiss ich, er war eh sein Sohn. Eine dunkle Vergangenheit, die ich vergessen möchte. Manchmal denke ich, auf dem Haus liegt ein Fluch."

Hermann erhob sich.

„Mein Fuss schmerzt, ich muss ihn wieder hoch lagern. Möchten Sie noch etwas trinken, sonst würde ich mich nun verabschieden. Sie können gerne noch hier unten bleiben.

Aber würden Sie bitte das Licht löschen, wenn Sie auf Ihre Zimmer gehen, Petra hat sich bereits zurückgezogen. Das war heute alles zu viel für sie."

„Ich möchte nichts mehr", antwortete Linda.

„Danke Hermann, wir werden auch demnächst schlafen gehen. Legen Sie sich hin, ich lösche dann das Licht."

Die beiden warteten, bis Hermann hinausgegangen war. Linda blickte Alex skeptisch an.

„Du hast dich mit Hermann im Spital über dieses Haus unterhalten?" fragte sie. „Das hast du mir nicht erzählt."

„Eine merkwürdige Geschichte. Auch das Bild von Renoir, welches du erwähnt hast, das Bild mit der Rückgabeforderung wegen Raubkunst, erinnerst du dich?"

„Natürlich, die Auktion in London, was ist damit?"

„Das Bild wurde von hier auf die Auktion gegeben, und die Rückforderungsansprüche wegen Raubkunst kamen von Radka."

Linda war perplex. „Und jetzt ist sie tot", sagte sie. „Ich glaube, ich brauche doch noch ein zweites Glas Wein."

„Wenn du mit mir in den Keller kommst, holen wir eine Flasche Wein und ich zeige dir eine Kammer mit Kunstschätzen."

„Alex, du bist verrückt!"

„Nein, gar nicht, ich habe sie mit eigenen Augen gesehen."

„Als du vor zwei Tagen den Wein aus dem Keller geholt hast und eine Ewigkeit nicht zurückgekommen bist?"

„Ja."

„Und du hast mir bis heute nichts davon erzählt?"

Linda war gekränkt.

„Ich wollte dich nicht damit belasten. Ausserdem gab sich nie eine Gelegenheit dazu."

„Weil du ständig mit dieser aufgetakelten Biologin beschäftigt warst. Hast du Inspektor Schröder darüber informiert?"

„Nein."

„Warum nicht?"

„Ich weiss nicht, es ist alles so verwirrend. Ich habe erst heute von Manfred erfahren, dass Radkas Mutter eine Verwandte von diesen Leuten war und dass sie die Rückforderungsansprüche gestellt hat. Und überhaupt, wie soll ich begründen, dass ich im Keller herumspioniert habe? Das wäre mir peinlich. Ausserdem hatte ich in der Nacht ständig wirre Träume und weiss gar nicht mehr, was Realität ist und was ich nur geträumt habe."

Linda gähnte.

"Du bist müde", sagte Alex, „und es ist spät. Wir sollten zu Bett gehen, morgen erzähle ich dir die ganze Geschichte."

„Versprochen?" fragte Linda.

„Versprochen."

Linda ging hinüber ins Nebengebäude. Es war eine beklemmende Nacht mit schwarzen Wolken am Himmel. Ein starker Wind wehte, und die kahlen Obstbäume schüttelten ihre knorrigen Äste im Sturm und erinnerten an gespenstische Wesen, an die Erinnyen der griechischen Mythologie, die Töchter der Nacht. Aus dem Blut des Uranos entstanden sind sie die unterirdischen Rachegöttinnen, welche erbarmungslos Frevler und Verbrecher verfolgen. Die dunklen Umrisse der Bäume waren genauso schwarz wie die Haut dieser schrecklichen Wesen, aus deren Augen Geifer und Blut floss. Linda schauderte bei diesen Gedanken und ging schnell ins Haus und in ihr warmes Zimmer hinein.

Alex blieb noch eine Weile in der Gaststube sitzen und dachte über die verworrenen Ereignisse der letzten Tage nach. Er hatte sich auf erholsame Bridgeferien gefreut und war in einen Strudel von merkwürdigen Begebenheiten hineingeraten. Immer wieder kamen neue Informationen hinzu, und allmählich verlor er den Überblick. Sein Weinglas war leer und er hätte gerne noch etwas mehr getrunken. Sein Schlaf war noch nie der beste gewesen, aber mit ein oder zwei Gläsern Wein am Abend fand er leichter zu Hypnos, dem Gott des Schlafes. Er ging in die Küche und fand dort eine angebrochen Flasche Rotwein. Kaum war er wieder in der Bar, kam auch Hermann herein.

„Ich wollte Sie nicht bestehlen", entschuldigte sich Alex und hielt die Flasche hoch, „aber ich würde gerne noch ein Glas trinken."

„Kein Problem", antwortete Hermann.

„Schlafen Sie auch schlecht?" fragte Alex und setzte sich wieder an den Tisch.

„Ich schlafe beinahe gar nicht mehr, ich werde erpresst."

„Erpresst? Von Petra?" fragte Alex zweifelnd.

„Nein, natürlich nicht von Petra."

Hermann machte eine Pause. „Der Vater meines Onkels war ein Nazi."

„Na ja, da war er nicht der Einzige in diesem Land", erwiderte Alex.

„Er hatte Verbindung zur Gestapo."

Alex wusste nicht, was er darauf sagen sollte und schwieg.

Nach einer Weile fuhr Hermann fort. „Die Mutter der beiden Frauen, die sie auf der Fotografie sehen, war Jüdin. Die beiden Töchter wurden deportiert, der Vater meines Onkels hatte dies veranlasst."

Alex hob die Augenbrauen. „Und hat sich dann Haus und Vermögen seiner deportierten *Noch-Frau* unter den Nagel gerissen?" folgerte Alex.

„So war es. Sie kennen die Geschichte mit dem Diebstahl des Vermögens des Schwiegervaters. Der Vater meines Onkels und sein Kumpane hatten ihren Schwiegervater bestohlen und waren mit dem Geld abgehauen. Zu Beginn der Vierziger Jahren kam jener zurück und erfuhr, dass seine Frau sich nie von ihm hatte scheiden lassen. Er kannte den Obersturmführer des Bezirks und versprach ihm eine Summe Geld, wenn er die Deportation von ihr und ihrer Schwester verfügte."

„Und jener tat dies?"

„Natürlich. Kurze Zeit später tauchte der Vater meines Onkels offiziell auf und liess das Haus und die gesamte darin verbliebene Habe auf sich als rechtmässigen Erben der Deportierten übertragen. Das war alles so abgesprochen."

„Und niemand hat dagegen protestiert?"

„Wer? Es war Krieg. Die Nazis hatten das Sagen, niemand wollte sich mit einem Obersturmführer anlegen."

„Und nach dem Krieg?"

„Nach dem Krieg war es hier wie überall. Niemand wusste irgendetwas. Jeder wollte vergessen, was gewesen war, die Vergangenheit wurde ausgeblendet."

„Und der andere, der Mann der zweiten Tochter?"

„War im Ersten Weltkrieg umgekommen."

„Dann hat der Vater Ihres Onkels die Familie gleich zweimal bestohlen, zuerst den Schwiegervater und danach seine eigene Frau? Und hat erst noch ihren Tod auf dem Gewissen."

Hermann nickte.

„Und warum werden Sie nun erpresst?"

„Wegen dieser Vergangenheit. Jemand kennt sie und will daraus Kapital schlagen. Wenn ich ihm kein Schweigegeld bezahle, dann lässt er die ganze Geschichte auffliegen und ich kann meinen Laden schliessen wegen einer

Vergangenheit, an welcher meine Generation nicht beteiligt war. Zuerst verlangte er nur kleinere Summen, aber mit der Zeit wurden sie immer grösser. Dann hat mich meine Frau verlassen und hat alles Geld mitgenommen. Ich wusste keinen Ausweg mehr."

„Daher wollten Sie ein Gemälde verkaufen?"

Wieder nickte Hermann. „Weder mein Onkel noch sein Vater haben je etwas von den Wertgegenständen angerührt. Sie hatten alles im Keller verstaut. Wahrscheinlich war ihnen auch nicht so wohl bei der ganzen Sache. Der Vater meines Onkels liess auch die Einrichtung des Hauses so, wie sie war, sogar die Fotografie blieb an der Wand. Wahrscheinlich wollte er kein Aufsehen erregen und spielte den trauernden Witwer. Und mein Onkel tat dasselbe."

„Und dann wurde der Verkauf des Bildes blockiert, weil jemand Rückforderungsansprüche geltend machte?"

„Woher wissen Sie das?" Hermann war überrascht.

„Wissen Sie, wer die Rückforderungsansprüche geltend macht?" Alex ignorierte die Frage von Hermann.

Hermann schüttelte den Kopf. „Noch nicht genau, irgendeine tschechische Familie. Das Auktionshaus hat die Angelegenheit einem Anwalt übergeben. Er sollte mich in den nächsten Tagen kontaktieren."

„Die verstorbene Radka war eine Verwandte dieser beiden Frauen auf dem Foto. Sie hatte die Klage eingereicht."

Hermann schaute Alex ungläubig an. „Und Sie sind ihr Anwalt?" fragte er misstrauisch.

„Nein, ich habe Radka hier in diesem Bridgekurs zum ersten Mal getroffen. Ich kannte sie nicht. Manfred hat mir die ganze Geschichte erzählt. Ich denke, Sie sollten sich morgen mit ihm einmal in aller Ruhe über diese Angelegenheit unterhalten, dann findet sich vielleicht eine Lösung."

Alex trank sein Glas aus.

„Ich muss jetzt schlafen gehen, sonst bekomme ich morgen die Bridge Theorie nicht in mein Hirn hinein."

Hermann blieb allein zurück. „Eine Lösung", murmelte er. „Es gibt keine Lösung von der Macht der Vergangenheit. Ich hätte nicht so viel plaudern sollen. Warum erzähle ich diesem Menschen die ganze Geschichte? Nun habe ich wo möglich zwei Erpresser am Hals."

Grünwald, Donnerstag 7. November 2002

Ein orkanartiger Sturm fegte über den Hunsrück und es regnete die ganze Nacht in Strömen. Donner krachten in der Dunkelheit und grelle Blitze schossen durch den schwarzen Himmel. Die Mosel schwoll zu einem reissenden Strom an, die Tannen in den Wäldern krümmten sich unter der Nässe und der Waldweiher flutete die umliegenden Felder. Die kalte Luft verwandelte die nasse Erde in Eisfelder und die Gegend glich dem Winterbild des niederländischen Malers Pieter Bruegel, es fehlten nur die heimkehrenden Jäger. Durch die Strassen von Grünwald ergossen sich reissende Bäche. Das Wasser drang in die Scheunen und auch die Blaue Traube war davon betroffen, insbesondere der ebenerdige Saal, in welchem der Bridgeunterricht und die Bridgeturniere stattfanden. Dieser Raum hinter der Villa war nicht unterkellert, und das Wasser bahnte sich seinen Weg durch die undichten Ritzen und strömte durch die Tür, welche der gewaltige Sturm während der Nacht aufgerissen hatte. Umgekippte Tische und Stühle lagen im Wasser, der Teppich war aufgeweicht und die Spielkarten dümpelten im kalten Nass. Seit Jahrzehnten hatte diese Gegend keinen solchen Sturm mehr erlebt. Zum Glück blieben die Villa und das frühere Gesellenhaus von der Überschwemmung verschont, da das Gelände dort leicht abfallend war und sich das Wasser auf die darunterliegende Strasse ergoss und als schäumender Bach durch den ganzen Weiler hinunterfloss. Der Bridgeunterricht konnte an diesem Morgen nicht stattfinden, das war allen Teilnehmern klar.

Linda stand neben Drago und betrachtete den überschwemmte Bridgeraum. Drago, dunkelhaarig und mit grau melierter Schläfe, war ein Kopf grösser als sie. Beide blickten schweigend auf das Desaster.

„Sie sind ein professioneller Bridgespieler?" begann Linda schliesslich das Gespräch.

Drago nickte, „professionell nicht nur im Bridge."

„Worin denn noch?" fragte Linda überrascht.

Drago lachte, „nicht was Sie denken!"

„Und was denke ich?" Linda lächelte verschmitzt.

„Wenn sie mit mir einen Ausflug nach Trier machen und wir dort in einem gemütlichen Restaurant essen, dann sage ich Ihnen, was Sie denken. Ich habe heute frei, die österreichische Gräfin hat Migräne und liegt im Bett. Wahrscheinlich spürt sie den Wetterumschwung."

„Gerne, ich wollte schon lange einmal nach Trier fahren und die römischen Überreste besichtigen", antwortete Linda. „Ich muss nur noch schnell Alex Bescheid sagen. Wo ist er überhaupt?" Linda schaute sich um, sah ihn aber nirgends.

„Er ist mit Angelika weggefahren", bemerkte Drago.

Linda zog die Augenbrauen in die Höhe. „Ach ja, dann treffen wir uns in zehn Minuten auf dem Parkplatz."

Linda ging auf ihr Zimmer, bürstete die Haare und legte einen blauen Seidenschal um den Hals. Kritisch betrachtete sie sich im Spiegel. Sie nahm ein Paar goldene Ohrringe aus einem Etui und steckte sie an die Ohren. Auf der linken Seite strich sie die Haare hinter das Ohr. Nun war sie zufrieden mit ihrem Aussehen. Sie schlüpfte in den Mantel, nahm ihre Handtasche und ging zum Parkplatz. Drago stand neben einem eleganten Lancia Kappa Coupé. Der Wagen gehörte zur oberen Mittelklasse, war exklusiv und hatte ein Leder-Lenkrad. Einige Karosseriefarben, darunter auch das Saturn Blau seines Wagens, waren ausschliesslich für das Coupé vorgesehen. Drago öffnete

Linda die Tür und sie stieg ein. Er setzte sich auf den Fahrersitz. Die Scheiben waren beschlagen und hüllten die beiden in einen unsichtbaren Raum. Drago beugte sich zu Linda hinüber und sie spürte seine Lippen auf ihrem Mund. Dann startete er den Motor, stellte den Scheibenwischer und die Heizung an und befreite die Scheiben von dem feuchten Dunst.

„Du bist sehr direkt", sagte Linda.

„Du nicht?" fragte er.

Linda lachte. „Eigentlich nicht!"

„Ich habe gehört, du wohnst in München. Was machst du dort?"

„Ich arbeite in einer Kunstgalerie. Und du, wohnst du in Österreich?"

„Du meinst wegen Anja." Drago lachte amüsiert. „Nein, ich wohne auch in München, zeitweise. Mein zweiter Wohnsitz ist Genf."

„München und Genf!" Linda war überrascht. „Sprichst du Französisch?"

„Mais oui, Chérie! Und du?"

„Kaum, aber Englisch. Und was machst du in München und Genf? "

„Du meinst ausser Bridge? Verschiedene Geschäfte im Finanzbereich."

„Mit Bridgespielerinnen?" entfuhr es Linda.

Drago lachte. „Du hältst mich für einen Gigolo?"

Linda war verlegen. „Warum nicht? Du siehst gut aus, spielst ausgezeichnet Bridge, sprichst offenbar mehrere Sprachen und bist im *Finanzbereich* tätig!" Linda lachte nun ebenfalls.

„Ach so, du meinst *diesen* Finanzbereich!" Drago lachte schallend. „Nein, ich bin wirklich Finanzberater und verwalte die Portfolios von verschiedenen Klienten, und natürlich auch Klientinnen."

„Steuerhinterziehung mit Hilfe von Konten in der Schweiz", bemerkte Linda.

„Das ist nicht mehr so einfach. Die Schweiz hat in den letzten Jahren sehr strenge Kontrollen eingeführt. Nicht ganz freiwillig, die Europäische Gemeinschaft hat Druck ausgeübt."

„Und die Klientinnen berätst du nur in Finanzfragen?" forschte Linda.

„Meistens", grinste Drago.

„Und die österreichische Gräfin?"

„Anja ist eine sehr gute Klientin von mir. Die Betreuung ihres Portfolios ist für mich sehr lukrativ. Als Entgegenkommen gehe ich zweimal pro Jahr in die Bridgeferien mit ihr und verhelfe ihr bei den Turnieren zu guten Resultaten. Bist du mit Alex zusammen?"

„Nein, warum meinst du?"

„Ihr wirkt sehr vertraut."

„Wir kennen uns seit dem Studium. Er ist der beste Freund meiner Jugendliebe. Bist du verheiratet?"

„Seit sechs Jahren geschieden. Eine Tochter und einen Sohn. Zwei Enkelkinder von meiner Tochter. Und du?"

„Auch seit einigen Jahren geschieden. Noch keine Enkelkinder", antwortete Linda.

Drago fuhr schnell und sicher. Nach fünfundvierzig Minuten waren sie bereits in Trier. Er parkte in einer Tiefgarage neben der Porta Nigra. Offensichtlich kannte er sich aus. Sie fuhren mit dem Fahrstuhl hinauf. Drago nahm den Arm von Linda und nach ein paar Schritten gelangten sie zum Hauptmarkt von Trier.

„Möchtest du schlemmen wie die alten Römer?" fragte Drago und zeigte auf die Weinstube zum Domstein, dasselbe Restaurant, wo Alex vor ein paar Tagen gegessen hatte. „Du sprichst bestimmt Lateinisch und kannst mir die Gerichte übersetzen!"

„Klingt verlockend, kennst du das Restaurant?"

„Ich esse immer hier, wenn ich in Trier bin."

„Bist du öfters hier?"

„Ab und zu, Trier, Luxemburg, Brüssel. Ich habe Klienten in dieser Gegend."

„Spielst du hier auch Bridge?"

„Manchmal, wenn ich Zeit habe. Bei der Porta Nigra spiele ich hin und wieder im Altstadt-Hotel, da gibt es einen Bridgeclub."

Die beiden gingen in das Lokal hinein und setzten sich an einen Tisch mit Aussicht auf die Altstadt mit den prächtig verzierten Häuserfassaden und dem monumentalen Petrusbrunnen.

„Was möchtest du essen?" fragte Drago.

„Alte römische Rezepte von Marcus Gavius Apicius, ca. 30 nach Christus", las Linda auf der Speiskarte. „Hoffentlich sind die Zutaten jünger!"

Drago lachte. „Ich bestelle für dich", entschied er und diktierte dem Kellner eine Reihe römischer Spezialitäten.

Plötzlich klingelte sein Handy. Drago blickte kurz darauf und entschuldigte sich bei Linda. Er sprach Französisch. Linda verstand kaum etwas, Drago sprach sehr schnell.

„Ein Klient von mir wird kurz hereinschauen und mir ein paar Unterlagen vorbeibringen. Er wird uns nicht stören und gleich wieder gehen."

Der Kellner brachte die Vorspeise, Artischockenherzen in herber Sauce. Die beiden waren noch nicht einmal beim Hauptgang angelangt, als ein älterer Herr das Lokal betrat und auf sie zukam. Er wirkte überrascht, als er Linda neben Drago sah.

„Du bist nicht allein?" fragte er auf Französisch, aber so viel verstand auch Linda.

Sie begrüssten sich kurz, der Fremde übergab Drago einen grossen Briefumschlag und verliess sogleich wieder das Lokal. Drago zuckte ein paar Mal mit dem linken Mundwinkel, dann hatte er sich wieder unter Kontrolle und wandte sich Linda zu. Er öffnete die Speisekarte und deckte den deutschen Text ab.

„Jetzt will ich dein Latein testen", scherzte er, „du musst übersetzen!"

„*Piscis assus ius in pisce*", las Linda. „Ganz einfach, Piscis ist der Fisch und ius die Rechtsprechung, also heisst dies zu Deutsch: Der Fisch ist wie ein Ass in der Rechtsprechung über die Fische!"

„Waaas?" Drago bog sich vor Lachen, „was soll das denn sein?"

„Na ja, dass Ass ist die höchste Karte. Wahrscheinlich meinen sie, das ist das beste Fischgericht hier", Linda lächelte auch.

„Latein war wohl nicht dein bestes Fach, das heisst Gebratenes Fischfilet in Fischsauce! Versuchen wir es nochmals: *Cucurbitas et carotae frictas*."

„Gebrochene Gurken und Karotten", übersetze Linda sogleich.

Drago lachte wieder, „es sind zwar keine Gurken, sondern Zucchini, und sie sind gebraten, nicht gebrochen! Aber ansonsten eine perfekte Übersetzung."

In diesem Moment brachte der Kellner die Hauptspeise und verkündete:

„*Piscis assus ius in pisce!*"

„Das Ass in der Rechtsprechung!" grinste Drago.

Linda betrachtete ihr Gegenüber. Drago war das pure Gegenteil von ihrem geschiedenen Mann. Muskulöser Körper, mittelgross, blaue, helle Augen und Sinn für Humor. Nicht lang und hager, griesgrämig und ewig kritisierend. Linda war froh, dass jene Zeit der Vergangenheit angehörte. Die Scheidung war für sie eine Erlösung gewesen. Aber sie hatte lange gebraucht, um wieder zu sich selber zu finden. Auch die Platzangst war jetzt beinahe verschwunden.

„Treibst du Sport?" fragte Linda.

„Kampfsport, Judo und Karate."

„Wirklich!"

„In meinem Beruf ist das lebenswichtig, wegen dem Finanzsektor und den Frauen!"

„Touché", lachte Linda und widmete sich den cucurbitas und den carotae frictas.

Nach dem Essen schlenderten die beiden durch die Altstadt von Trier. Drago begeisterte sich für die Porta Nigra, ein gigantisches Stadttor, erbaut von einem Kriegervolk, für welches Grösse wichtiger war als künstlerische Qualität. Die Sandsteinquader wurden mit der Säge zurechtgeschnitten, sie wiegen mehrere Tonnen und wurden von Eisenklammern zusammengehalten. Im Mittelalter meisselte man Löcher in die Quader, um das Metall herauszuholen und einzuschmelzen. Zu jener Zeit hat man selbst kunstvolle Bronzestatuen von antiken Künstlern eingeschmolzen, um daraus Kanonenkugeln herzustellen. Aber nicht nur das Mittelalter, auch spätere Jahrhunderte zeigten wenig Respekt vor antiken Denkmälern. Der berühmte Barockkünstler Gian Lorenzo Bernini schuf im Auftrag des Papstes Urban VIII. den bronzenen Baldachin mit den gewundenen Säulen über dem Grab des Apostel Petrus in der Kirche Sankt Peter in Rom. Dafür brauchte er eine grosse Menge an Bronze, und diese holte man aus dem römischen Pantheon. Kurzerhand wurde die bronzene Kassettendecke in der Vorhalle des Tempels abmontiert, eingeschmolzen und daraus die prächtigen Säulen gefertigt. Einem heidnischen Denkmal wurde wertvolles Material geraubt, um damit die wichtigste Kirche in Rom zu schmücken. Papst Urban VIII., ein Angehöriger der Familie der Barberini, galt zwar als humanistisch gebildeter Papst, aber auch dies hinderte ihn nicht daran, ein heidnisches Denkmal zu schänden. Dies soll einen damaligen Bürger zum Ausspruch verleitet haben: *Was die Barbaren nicht schafften, schafften die Barberini!*

Nachdem Linda und Drago oben auf der Porta Nigra den Rundblick über die Stadt bewundert hatten, wollte Linda auch noch die Domkirche St. Peter, die älteste Bischofskirche nördlich der Alpen, besichtigen. Sie gingen nochmals die Simeonstrasse zurück, vorbei am Marktbrunnen auf welchem hoch oben Apostel Petrus, der Stadtpatron von Trier, auf die vorbeischlendernden Touristen herunterblickt, und gelangten durch eine Seitenstrasse zur Domkirche. Diese wirkte mit den hohen eckigen und den beiden runden Türmen wie eine Mischung aus mittelalterlicher Festung und Märchenschloss. Wäre oben am Fenster des Rundturms Rapunzel mit den goldenen Haaren erschienen, hätte sich niemand gewundert. Merkwürdig, dachte Linda, dass bisher niemand auf diese Idee gekommen ist, das wäre die perfekte Touristenattraktion. Beim Kolosseum in Rom stehen schliesslich auch geharnischte Gladiatoren herum. Drinnen, in den alten Gemäuern, war es noch kälter als draussen, und nachdem Linda alles besichtigt hatte, was sie sehen wollte, schlug Drago vor, langsam nach Grünwald zurückzukehren. Unterwegs hielten sie an einer Tankstelle. Drago füllte den Tank und verschwand im Shop der Tankstelle, um zu bezahlen. Linda lehnte sich in ihrem Sessel zurück und betrachtete aus dem Wagen die Leute, welche dort ein- und ausgingen. Durch die Glasfront sah sie Drago an der Kasse stehen und beobachtete, wie er dem Kassier den Briefumschlag von seinem angeblichen Klienten in Trier gab.

Es war fortgeschrittener Nachmittag, als Linda und Drago auf dem Parkplatz hinter der Blauen Traube parkten. Als sie in die Gaststube hineintraten, kam ihnen Petra entgegen.

„Da sind Sie ja endlich", wandte sie sich an Drago. „Anja ist verärgert, weil sie nirgends zu finden waren."

„Ist die Migräne vorbei?" fragte Drago ein wenig spöttisch.

„Es scheint so", antwortete Petra, „sie will unverzüglich abreisen."

„Aha", bemerkte Drago, „und der Inspektor hat nichts dagegen?"

„Weder Sie noch Anja gehören zum engeren Kreis der Verdächtigen, der Inspektor hat nur Manfred und mich im Visier! Er kann sie daher nicht an einer Abreise hindern. Und bei diesem schrecklichen Wetter versteht er, dass sie nach Hause will. Wer versteht das nicht?" knurrte Petra.

„Findet heute Abend ein Bridgeturnier statt?" fragte Linda.

„Wohl kaum", entgegnete Petra. „Die meisten Gäste sind bereits abgereist. Wer will schon bei diesen Verhältnissen noch länger hier bleiben?"

„Ist Alex im Haus?" fragte Linda weiter.

Petra liess ihren Blick durch die Gaststube wandern. „Alex sehe ich nirgends. Er und Angelika sind etwa vor einer Stunde zurückgekommen und waren hier unten. Kaum waren sie da, wurde Angelika von ihrem Mann abgeholt und ist ebenfalls nach Hause gefahren."

Drago war verschwunden und Linda ging auf ihr Zimmer. Sie zog ihren Mantel aus und machte es sich auf dem

Bett bequem. Plötzlich klopfte es an ihrer Tür. Linda erhob sich und öffnete.

„Ich wollte mich verabschieden", sagte Drago. „Wir fahren zurück. Ich muss Anja zum Flughafen Hahn bringen. Sie fliegt nach Hause nach Wien, sie hat den Flug bereits gebucht. Ich fahre mit dem Wagen weiter nach Brüssel, ich habe dort geschäftlich zu tun."

Drago wirkte nervös, sein linker Mundwinkel zuckte leicht. Er küsste Linda auf beide Wangen.

„Vielleicht sehen wir uns einmal in München?" fragte er. „Du kannst mich unter dieser Nummer erreichen", er drückte Linda einen Zettel mit einer Handy Nummer in die Hand.

Linda nickte. Die Treppenstufen knarrten und Alex trat in die Diele. Überrascht blieb er stehen und musterte Drago.

„Ich wollte nicht stören", sagte er.

„Ich bin bereits unterwegs", grinste Drago und verschwand.

„Du hattest Besuch von ihm?" wandte er sich an Linda.

„Was soll das denn heissen!" erwiderte Linda. „Er reist ab und hat sich bei mir verabschiedet. Die meisten Gäste sind bereits weggefahren. Deine Biologin wurde abgeholt", bemerkte sie spöttisch. „Wann fahren wir zurück?"

„Morgen früh? Wir könnten heute Abend nochmals nach Trübenbach ins Hotel Fürstenau gehen und dort essen. Was meinst du?"

„Einverstanden. Sagst du Luise Bescheid, dass wir heute Abend auswärts essen und morgen wegfahren? Die restlichen Bridgeferien sind im wahrsten Sinn des Wortes ins Wasser gefallen!"

Alex nickte.

„Treffen wir uns in einer Stunde in der Gaststube. Ich möchte mich noch etwas ausruhen und umziehen", sagte Linda.

Sie setzte sich aufs Bett und betrachtete den Zettel mit der Telefonnummer von Drago. Er hatte eine schwungvolle aber auch etwas unruhige Schrift. Linda liess in Gedanken nochmals den Nachmittag vorbeiziehen. Sie hatte sich gut gefühlt zusammen mit ihm. Er war charmant und unterhaltsam zugleich. Über seine beruflichen Tätigkeiten wollte sie nicht weiter nachdenken, auch nicht über den Briefumschlag seines Klienten und über seine Geschäfte in Brüssel. Aber merkwürdig war es schon, dass er den Briefumschlag dem Kassier an der Tankstelle gegeben hatte. Sie hätte ihn fragen sollen. Aber eigentlich ging es sie nichts an. Falls sie sich in München wieder sehen würden, würde sie sich näher nach seinem Beruf erkundigen, beschloss Linda. Von der Gräfin hatten sie nicht viel mitbekommen. Sie war am Abend nie in die Bar gekommen und hatte sich kaum je mit jemandem unterhalten. Sie lebte in Wien, hatte Drago gesagt. Sie trug immer sehr teuren, alten Schmuck. Der eine Smaragdring mit den Diamanten war ein Traum, er musste ein Vermögen Wert sein. Er war Linda beim Spielen aufgefallen, und sie hatte sich nur schlecht auf ihre Karten konzentrieren können. Ihr Blick glitt an jenem Abend immer wieder zu dem grossen, tiefgrünen Stein, umrundet von Diamanten und feinen Goldverzierungen. Als sie Drago gefragt hatte, ob Anja wirklich eine Gräfin sei, hatte er lachend verneint. Aber mehr hatte er nicht preisgegeben. Er war diskret, was seine Klienten betraf. Ansonsten war er sehr direkt, dachte Linda und erinnerte sich an seinen spontanen Kuss. Schade, sie hätte ihn gerne nochmals geküsst. Warum musste ausgerechnet in jenem Augenblick, als sie sich verabschiedeten, Alex daherkommen. Alex! fuhr es ihr durch den Kopf, ich muss mich umziehen, wir treffen uns schon bald für das Abendessen in Trübenbach.

Drago chauffierte Anja zum Flughafen Hahn. Er war schweigsam und angespannt. Wie verabredet würde er die Sache hinter sich bringen, es war nicht sein erster Auftrag von dieser Art. Ursprünglich hatte er eine andere Laufbahn im Sinn. Nach dem Studium ging er in die Advokatur mit Spezialisierung in Strafrecht. Er rutschte in eine Welt hinein, die ihm bisher fremd war. Er war noch jung und am Anfang seiner Karriere und vertrat den falschen Klienten. Er machte sich strafbar. Der Sicherheitsdienst bot ihm Straferlass an unter der Bedingung, dass er für sie als inoffizieller Mitarbeiter tätig war. Er hatte keine andere Wahl, die Berufsausübung als Anwalt hatte er ohnehin verloren. Er wurde ausgebildet und trainiert. Einschüchterung und mehr gehörten zu seinem Job. Nach 1990 änderte sich einiges in Polen. Er war nicht mehr der Jüngste und spezialisierte sich daher auf Vermögensverwaltung und Bridge. Bridge hatte er schon vorher gespielt. Gelegentlich übernahm er noch kleinere Aufgaben für den Nachrichtendienst, Kurierdienste oder Observationen, aber nur noch ab und zu.

Der Flughafen Frankfurt-Hahn war nur eine Viertelstunde von Grünwald entfernt. Es gab nur ein Terminal und Drago parkte den Wagen im Parkhaus. Er begleitete Anja zum Check-in Schalter. Der Flughafen war klein, sie mussten nicht lange warten. Er verabschiedete sich und ging zum Wagen zurück. Er atmete tief durch und startete den Motor. Er würde die Zielperson anrufen und treffen, dann würde alles sehr schnell gehen. Drago dachte einen Moment an Linda. Für ihr Alter war sie noch immer hübsch.

Alex war etwas früher in die Gaststube hinunter gekommen. Er hatte am Morgen mit Angelika einen Ausflug nach Bernkastel-Kues unternommen, ein Städtchen mit Fachwerkhäusern an der Mosel. Alex fand die Häuser etwas zu stark verziert mit diesen unzähligen, dunklen Sichtbalken. Diese verspielten Häuschen erinnerten ihn an dekorierte Lebkuchen. Kein Wunder ist der Weihnachtsmarkt hier so beliebt, dachte er. Angelika war weniger gesprächig als sonst. Er hatte den Eindruck, dass sie sich mit ihm ein wenig langweilte. Auch ihm fehlte es an Gesprächsstoff. Der erste Flirt war vorbei und damit auch die Spannung. Sie assen eine Kleinigkeit in einem Restaurant und kehrten dann nach Grünwald zurück. Kaum waren sie angekommen, tauchte plötzlich der Ehemann von Angelika auf, um sie abzuholen. Offenbar hatte sie mit ihm verabredet, dass sie früher nach Hause zurückkehren würde. Alex war es auch recht, die letzten Tage mit ihr waren unterhaltsam, aber mehr nicht. Er schaute in die Bar hinein und sah dort Manfred an einem Tisch sitzen. Vor ihm stand ein Glas Weisswein. Alex setzte sich zu ihm.

„Wie geht es Ihnen?" fragte Alex.

Manfred räusperte sich. „Danke, es geht. Ich versuche, all das, was in den letzten Tagen und Wochen geschehen ist, irgendwie einzuordnen. Aber es ist nicht einfach. Lange Zeit plätschert das Leben geruhsam dahin wie ein träger Fluss, und plötzlich überstürzen sich die Ereignisse und man rudert und strampelt, um nicht unterzugehen."

„Haben Sie mit Hermann gesprochen?"

„Noch nicht, aber ich möchte das heute Abend tun."

„Linda und ich fahren zum Nachtessen nach Trübenbach, möchten Sie uns begleiten?"

„Das ist sehr liebenswürdig von Ihnen, Alex, aber ich werde heute zusammen mit Luise hier essen und danach werde ich mich mit Hermann unterhalten. Es wird ruhig sein heute Abend, die meisten Gäste sind abgereist, und so hat Hermann wenig zu tun und ich kann ihn um eine Unterredung bitten."

„Ich hoffe, dann wird sich für Sie einiges klären", sagte Alex.

Er überlegte kurz, ob er Manfred über seine Recherchen informieren sollte, aber er verwarf den Gedanken. Zuerst sollten nun einmal die beiden miteinander reden. Danach könnte er Manfred immer noch seine eigenen Erkenntnisse mitteilen. Vielleicht war das dann gar nicht mehr nötig.

„Darf ich Sie um einen Gefallen bitten?" fragte Manfred.

„Aber sicher", antwortete Alex.

„Ich muss morgen nochmals den Inspektor auf dem Kommissariat in Trier treffen, um die Überführung von Radka nach Frankfurt zu veranlassen. Würden Sie mich dabei begleiten?"

Alex war etwas überrascht und zweifelte daran, dass Linda von dieser Programmänderung begeistert sein würde, aber trotzdem sagte er spontan zu. Diesen Gefallen wollte er Manfred erweisen. Er hatte genug durchgemacht in den letzten Tagen und er machte ohne Radka einen etwas verlorenen Eindruck.

Manfred war sichtlich erleichtert. „Allerdings treffe ich den Inspektor erst um 11.00 Uhr. Ich hoffe, das wird dann nicht zu spät für Sie?"

„Kein Problem. Das dauert wohl nicht allzu lange, andernfalls bleiben Linda und ich noch eine weitere Nacht hier."

In diesem Moment kam Linda in die Bar herein.

„Da steckst du", sagte sie und begrüsste Manfred. „Habe ich richtig gehört, du willst noch eine weitere Nacht hier bleiben? Warum das denn? Ich dachte, wir fahren morgen nach Hause."

147

Alex erklärte ihr die Situation und sie konnte nicht anders, als zustimmen. Die beiden verabschiedeten sich von Manfred und fuhren nach Trübenbach. Alex parkte auf dem hoteleigenen Parkplatz des Hotels Fürstenau. Am äussersten Ende des Parkplatzes bemerkte Linda einen blauen Lancia. Sie gingen in das Hotel hinein und wurden von Herrn Fürst herzlich begrüsst. Er freute sich über ihren Besuch und führte sie zu einem Tisch mit Sicht auf die Mosel. Er war sichtlich erleichtert, dass Alex nicht mehr mit der aufgetakelten Frau vom vorletzten Abend erschien. Herr Fürst brachte ihnen persönlich die Speisekarte und gab ihnen seine Empfehlungen für das Essen.

„Das waren aufregende Bridgeferien", sagte Alex und schnitt ein Stück von der zarten Hunsrücker Rehkeule ab.

„Ich blicke bei der ganzen Geschichte noch immer nicht durch. Was war eigentlich mit dem Keller, das wolltest du mir noch erzählen."

Alex berichtete Linda von seinen zwei Erkundungstouren im Keller und von den Bildern und Kunstgegenständen, welche dort in einer kleinen Kammer eingeschlossen waren.

„Und du weisst nicht, von wem das Bild mit den Rosen ist?" fragte Linda. „Hatte es keine Signatur?"

„Ich hatte die Brille nicht dabei und konnte nichts entziffern", antwortete Alex. „Es war ein sehr schönes Bild in einem goldenen Rahmen. Wie im Museum! Ich habe gestern Abend nochmals mit Hermann gesprochen und er hat mir noch allerhand erzählt."

Alex teilte Linda mit, was ihm Hermann am Tag zuvor zu später Stunde noch anvertraut hatte. Die Deportation der beiden Frauen, die Pseudo-Erbschaft des einen Ehegatten und die Erpressung.

„Weisst du, wer ihn erpresst?" fragte Linda.

„Nein, das hat er nicht gesagt. Nur dass jener damit droht, die ganze Geschichte publik zu machen und dass damit sein Ruf als Gastronom ruiniert wäre. Ist ja klar, wer wollte in einem solchen Haus noch speisen oder seine Ferien verbringen!"

„Aber Rückforderungsansprüche gibt es nun keine mehr, weil Radka tot ist und keine anderen Verwandten mehr am Leben sind?" fragte Linda.

„Das hätte eh ein schwieriges und langwieriges Verfahren gegeben. Um eigentliche Raubkunst handelt es sich nicht bei den Wertgegenständen. Ich bin zwar kein Jurist, aber ich frage mich, ob das Ganze nicht bereits verjährt wäre. Das war zu Beginn des Zwanzigsten Jahrhunderts, als die beiden Ehemänner ihren Schwiegervater bestohlen haben, das ist beinahe hundert Jahre her. Es handelte sich um Straftaten jenes Ehemannes, zuerst Diebstahl und dann die Deportation seiner Ehefrau, somit wäre er erbunwürdig gewesen. Aber wer kann heute noch beweisen, dass der Ehemann hinter der Deportation steckte? Und ob damit nach so langer Zeit auch das Erbe an den Onkel von Hermann und an Hermann selber ungültig wäre, da würden sich die Anwälte und Gerichte jahrelang darüber streiten."

Als Linda und Alex nach einer vorzüglichen Nachspeise, warmer Schokoladenkuchen mit Himbeeren, beim Kaffee angelangt waren, setzte sich Herr Fürst zu ihnen an den Tisch und sie sprachen über die letzten Ereignisse in Grünwald. Auch er war erschüttert über den Tod von Radka.

„Kannten Sie die beiden von ihrem früheren Besuch?" fragte Alex.

Herr Fürst war zuerst ein wenig irritiert von der Frage. Dann erzählte er, dass die beiden vor etwa zwei Monaten bereits einmal hier gewesen waren.

„Ich hatte den Eindruck, dass Sie mit Manfred ein freundschaftliches Verhältnis haben", sagte Alex.

„Das ist zu viel gesagt", meinte Herr Fürst, „aber wir haben uns recht gut verstanden."

„Konnten Sie und Ihre Eltern den Hotelbetrieb während des Zweiten Weltkriegs aufrechterhalten?" fragte Alex unvermittelt.

Herr Fürst zögerte einen Moment. „Das Haus wurde von der Wehrmacht besetzt. Die ranghohen Nazis wohnten hier und hatten auch die Befehlszentrale im Hotel."

„Mussten Sie auch an die Front?" fragte Linda.

„Eigentlich hätte ich Wehrdienst leisten müssen. Aber einer der Sturmführer bestand darauf, dass ich persönlich für ihn zur Verfügung stehen musste."

„Da hatten Sie Glück", meinte Alex.

„Irgendwie schon."

Das Handy von Fürst klingelte. Er schaute auf das Display, aber die Nummer war unterdrückt.

„Sie entschuldigen mich", sagte er, erhob sich und nahm den Anruf entgegen. Er ging nach hinten und verschwand in der Halle.

„Ich glaube, er war ganz froh über den Anruf, er schien nicht besonders begeistert über deine Frage nach dem Zweiten Weltkrieg", meinte Linda.

„Wahrscheinlich ist seine Vergangenheit auch nicht ganz lupenrein. Wenn die hohen Nazis hier wohnten, hat er wohl einiges mitgekriegt. Offenbar war er auch kein Nazigegner, wenn er der persönliche Adjunkt eines Oberbefehlshabers war. Hat nicht Manfred gesagt, dass er und Radka an jenem Abend, bevor sie verstorben ist, noch hier im Hotel waren und zusammmen mit Fürst etwas getrunken haben?"

„Warum? Meinst du, er hat Radka vergiftet?"

„Warum sollte er? Aber auf jeden Fall hätte ihr das Gift auch hier verabreicht werden können, nicht nur in der Blauen Traube. Ob das dieser Kommissar auch in Betracht gezogen hat?"

„Ist anzunehmen, er macht mir keinen dummen Eindruck. Alex, entschuldigst du mich bitte, ich muss kurz verschwinden."

Linda erhob sich und durchquerte den Speisesaal. Die Toiletten befanden sich im Untergeschoss am Ende des Ganges. Die Stufen waren nur schwach beleuchtet. Als sie die geschwungene Treppe hinunterging, sah sie plötzlich unten einen Menschen liegen. Es war Herr Fürst. Der Kopf war merkwürdig zur Seite gedreht und die offenen Augen starrten zu Linda. Sie schrie auf und rannte die Treppe hinauf. Ein Kellner hatte ihren Schrei gehört und kam herbeigeeilt.

Zur selben Zeit brütete Inspektor Schröder noch immer in seinem Büro auf dem Kommissariat von Trier über den Papieren zum Mordfall Radka Sofer. Er war müde und gähnte. Der Bericht der Gerichtsmedizin lag vor ihm. Bei dem Gift handelte es sich um ein Präparat, welches nicht sofort wirkt, sondern erst nach mehreren Stunden den Herzschlag derart beschleunigt, dass es unweigerlich zu einem Herzstillstand kommt. Jemand musste der Frau das geruchlose Gift im Laufe des Abends verabreicht haben. Aber wer und warum? Die meisten Teilnehmer des Bridgekurses kamen für den Mord nicht in Frage, da sie die Frau vorher gar nicht gekannt hatten. Ihr Begleiter, dieser Manfred Pohl, wird durch das Testament der Verstorbenen begünstigt, wie er selber aussagte. Aber ob dies als Motiv reichte, war fraglich. Die beiden schienen eng befreundet gewesen zu sein, und der Mann wirkte völlig erschüttert. Er hatte nicht das Profil eines Mörders, obwohl, man konnte sich auch täuschen. Die beiden Frauen, Petra und diese Linda Behrend, waren in der Küche und hatten mit der Zubereitung des Essens zu tun. Beide kannten die Frau vorher nicht und hatten folglich auch kein Motiv. Auch diese Ärztin, welche beim Abendessen neben der Ermordeten sass, kam als Täterin nicht in Frage. Sie hatte den Tod festgestellt und die Polizei informiert. Völlig korrekt bei einem plötzlichen Todesfall. Ausserdem kannte auch sie die Verstorbene nicht von früher. Inspektor Schröder kratzte sich am Kopf, er war ratlos. Irgendwo musste es ein fehlendes Glied, einen Zusammenhang und ein Motiv geben, aber er tappte zurzeit völlig im Dunkeln. In diesem Moment klingelte das Telefon. Ein Angestellter des Hotels Fürstenau meldete ihm, dass der Eigentümer, Herr Fürst, die Treppe hinuntergestürzt sei und vermutlich tot sei. Der Arzt sei bereits benachrichtigt worden. Er fragte, ob er, Inspektor Schröder, auch herkommen wolle.

„Auch das noch", brummte der Inspektor.

Der Arzt war längst vor Ort, als Inspektor Schröder in der Fürstenau eintraf. Die Fahrt von Trier dauerte auch ohne Verkehr beinahe eine Stunde. Der Arzt hatte den leblosen Körper bereits untersucht und hatte nur noch den Tod feststellen können. Der Tote lag noch immer am selben Ort, als der Inspektor ankam.

„Genickbruch, vermutlich infolge des Sturzes", informierte er Inspektor Schröder, als dieser die Treppe hinunterkam.

„Gibt es irgendwelche Anzeichen von Fremdeinwirkung?" fragte der Inspektor.

„Ich sehe nichts, aber zur Sicherheit sollten Sie den Toten in die Gerichtsmedizin nach Trier überführen lassen. Die Todesfälle scheinen sich in dieser Gegend zu häufen", meinte der Arzt sarkastisch.

Inspektor Schröder war damit einverstanden, er wollte kein Risiko eingehen.

„Ich musste mich auch um die Frau kümmern, welche den Toten gefunden hat", sagte der Arzt, „sie steht unter Schock. Ich habe sie aber gebeten, zu warten, bis Sie hier sind."

„Wo ist sie?" fragte Inspektor Schröder.

„Oben im Restaurant zusammen mit ihrem Mann. Kommen Sie mit?"

Inspektor Schröder nickte. Sie stiegen die Treppe hinauf und der Arzt führte ihn zum Tisch von Linda und Alex.

„Sie haben den Toten gefunden?" fragte der Inspektor überrascht.

Linda war kreidebleich und zitterte.

„Sie wollte zur Toilette gehen und da lag Herr Fürst unten an der Treppe", sagte Alex.

„Warum sind Sie hier in Trübenbach?" fragte der Inspektor.

„Wir haben hier gegessen."

„Haben Sie irgendeine Person gesehen, als Sie den Toten fanden?" wandte sich Inspektor Schröder an Linda.

Sie schüttelte den Kopf. „Herr Fürst lag unten an der Treppe mit offenen Augen, welche mir entgegenstarrten." Linda bekam einen Weinkrampf.

„Ausser ihm war niemand dort?" versuchte es der Inspektor nochmals.

Linda schüttelte wieder den Kopf. „Ist der Täter durch den Hinterausgang entkommen?" fragte sie.

„Welcher Täter?" fragte der Inspektor überrascht. „Haben Sie doch jemanden gesehen?"

„Nein, aber jemand muss ihn doch erschlagen haben."

„Warum glauben Sie, dass er erschlagen wurde?"

„Der Kopf war verdreht, es war ein furchtbarer Anblick!" Linda begann laut zu schluchzen.

153

„Der Mann ist gestürzt", schaltete sich der Arzt ein. „Die Beleuchtung auf der Treppe ist nicht die beste. Sind Sie einverstanden, wenn ich Ihnen jetzt eine Beruhigungsspritze verabreiche? Oder möchten Sie lieber Tabletten?"

„Tabletten", flüsterte Linda. „Gestürzt? Er wurde nicht ermordet?"

„Soweit ich es im momentanen Zeitpunkt beurteilen kann, ist der Mann die Treppe hinuntergestürzt und hat sich das Genick gebrochen. Wir werden dies aber noch genauer untersuchen", sagte der Arzt.

„Sie sind absolut sicher, dass Sie keine andere Person in der Nähe von Herrn Fürst oder irgendwo unten im Gang oder auf der Treppe gesehen haben?" hakte der Inspektor nochmals nach.

„Niemand", hauchte Linda.

„Sie sollten Ihre Frau ins Hotel zurückbringen", sagte der Arzt zu Alex. „Ich gebe Ihnen Tabletten mit, damit sie ruhig schlafen kann. Sie hat einen Schock erlitten und muss sich zuerst einmal erholen", wandte er sich an den Inspektor.

„Ich muss Sie bitten, morgen Nachmittag auf das Kommissariat in Trier zu kommen, damit wir das Protokoll verfassen und Sie es unterschreiben können", fügte der Inspektor dazu.

„Sie haben morgen um 11.00 Uhr ein Treffen mit Herrn Manfred Pohl", sagte Alex. „Er hat mich gebeten, ihn zu begleiten. Könnten wir das gleichzeitig machen?"

Der Inspektor stutze. „Warum wollen Sie ihn begleiten?"

„Er möchte, dass ich mitgehe, es war nicht mein Wunsch. Er fühlt sich sehr allein und etwas verloren, seit Radka nicht mehr lebt."

„Meinetwegen", brummte der Inspektor. „Dann kommen Sie alle zusammen um 14.00 Uhr ins Kommissariat. Können Sie das Herrn Pohl mitteilen?"

Alex verabschiedete sich von den beiden Männern und brachte Linda zum Wagen. Schweigend fuhren sie nach Grünwald zurück. Alex begleitete sie zu ihrem Zimmer und fragte, ob er sie allein lassen könne. Sie schluckte nochmals eine Tablette und versuchte dann zu schlafen.

Alex ging in die Gaststube hinüber. Er war aufgewühlt. Manfred und Luise sassen an einem kleinen Tisch in der Bar und Hermann stand hinter der Bar-Theke. Alex setzte sich zu ihnen und erzählte, was geschehen war. Manfred war schockiert und Hermann runzelte die Stirn.

„Er ist wirklich tot?" fragte Hermann.

„Natürlich ist er tot", sagte Alex, „das Genick ist gebrochen."

„Er muss sehr unglücklich gestürzt sein", meinte Luise. „Ist es eine steile Treppe?"

„Eigentlich nicht sehr steil", antwortete Alex. „Sie ist breit und geschwungen."

„Und trotzdem ist er tot?" fragte Manfred.

„Er war schon älter, etwas über achtzig", fügte Hermann an.

„Furchtbar", sagte Manfred. „Nun sind es schon zwei Tote."

„Diesmal ein Unfall", bemerkte Hermann.

Alex stürzte ein zweites Glas Wein hinunter. Plötzlich fiel ihm ein, dass er Manfred darüber informieren musste, dass sie morgen alle drei am Nachmittag anstatt am Morgen auf das Kommissariat nach Trier fahren würden. Er war müde und erschöpft und verabschiedete sich schliesslich, um auf sein Zimmer zu gehen. Hoffentlich schläft Linda gut, dachte er.

Grünwald, Freitag 8. November 2002

Linda hatte sich von ihrem Schock nur wenig erholt. Der Arzt hatte ihr geraten, vor dem Schlafen nochmals eine Tablette zu nehmen. Sie hatte die Nacht durchgeschlafen, aber trotzdem fühlte sie sich nicht gut. Immer wieder tauchte der tote Körper mit dem verdrehten Hals vor ihren Augen auf. Sie war auch nicht begeistert, dass sie fürs Protokoll nochmals nach Trier fahren mussten und sie demnach noch eine weitere Nacht hierbleiben würden.

Nach dem Mittagessen fuhren Linda, Alex und Manfred nach Trier. Alex sass am Steuer, neben ihm Manfred. Er war angespannt. Inspektor Schröder wollte nochmals mit ihm sprechen, bevor er den Leichnam von Radka nach Frankfurt überführen konnte.

„Haben Sie gestern Abend mit Hermann gesprochen?" durchbrach Alex die Stille.

„Es war unmöglich", antwortete Manfred. „Zuerst war Petra ständig in der Nähe von Hermann und danach kam Luise. Ich wollte nicht unhöflich sein und habe gewartet und gehofft, sie würde endlich schlafen gehen. Dann kamen Sie und Luise blieb noch immer. Irgendwann war ich so müde, dass auch ich zu Bett ging."

„Sie sollten das wirklich tun", sagte Alex mit Nachdruck. „Waren Sie damals, vor zwei Monaten, auch zusammen mit Radka im Hotel Fürstenau?"

„Ja, nachdem wir die Fotografie kopiert hatten, gingen wir in das Hotel, um etwas zu trinken. Radka war sehr aufgeregt, sie betrachtete immer wieder das Bild und konnte sich kaum fassen. Der Hotelbesitzer, der verstorbene Herr Fürst, war sehr freundlich zu uns. Er merkte, dass Radka sehr aufgeregt war und kam an unseren Tisch und erkundigte sich, ob er etwas für uns tun könne. Wir erzählten ihm die Geschichte und er war natürlich sehr interessiert, da es ihn und seine Familie im weitesten Sinne ebenfalls betraf. Er schilderte uns dann die Zusammenhänge mit seiner Familie, die Sie und Linda an jenem Nachmittag vor fünf Tagen im Hotel ebenfalls von ihm erfahren haben, als wir dort zusammen etwas getrunken haben."

Alex nickte. „An jenem Tag, als Radka verstorben ist, waren Sie auch wieder in der Fürstenau, sagten Sie. Haben Sie da auch mit Herrn Fürst gesprochen?"

„Natürlich, wir erzählten ihm von dem Bild und von unseren Nachforschungen. Er war sehr interessiert und versprach, uns dabei zu unterstützen."

„Das wird er nun leider nicht mehr können", sagte Alex.

Inspektor Schröder wollte zuerst das Protokoll mit Linda aufnehmen, damit dieser Fall abgeschlossen werden konnte. Er stellte ihr nochmals dieselben Fragen wie schon am Abend zuvor in der Fürstenau. Aber da sie nicht gesehen hatte, wie sich der Unfall ereignet hatte, sondern nur den toten Herr Fürst gefunden hatte, führte dies zu keinen neuen Erkenntnissen. Der Inspektor hatte dies auch nicht erwartet, denn er war überzeugt, dass es sich bei diesem Vorfall um einen unglücklichen Unfall handelte. Er las Linda das Protokoll vor und sie unterzeichnete es.

Nun ging es noch darum, die Überführung von Frau Radka Sofer nach Frankfurt zu regeln. Er bat Manfred Pohl zu sich in sein Büro hinein und Manfred fragte, ob der Inspektor einverstanden wäre, wenn auch Alex beim Gespräch zugegen wäre. Der Inspektor war darüber bereits von Alex informiert worden und er hatte nichts dagegen einzuwenden und schlug vor, dass auch Linda bei dem Gespräch anwesend sein solle, da es noch einige Neuigkeiten zu dem Fall gab. Manfred erwartete, dass ihn der Inspektor nochmals zu seinem Verhältnis zu Radka befragen würde, aber es kam ganz anders.

Der Inspektor erzählte den Anwesenden, dass er gestern Abend, einem undefinierbaren Instinkt folgend, das Büro von Herrn Fürst in Augenschein genommen habe, nachdem der Leichnam des Verunfallten weggebracht worden war. Er wusste selber nicht, was er damit bezweckte. Er durchstöberte die Regale und den Schreibtisch. Eine Schublade war verschlossen. Unter der Tischplatte war ganz hinten ein kleiner Schlüssel unter einem Klebeband versteckt. Der Schlüssel passte. In der Schublade fand er eine neutrale Schachtel mit Pulver. Inspektor Schröder steckte die Schachtel ein und liess das Pulver an diesem Morgen durch den Gerichtsmediziner analysieren. Zu seiner eigenen Überraschung erhielt er den Bescheid, dass es sich bei dem Pulver um das tödliche Gift handelte, welches Radka verabreicht worden war, ein geschmackloses, leicht lösliches Pulver, das seine Wirkung erst nach einigen Stunden entfaltet.

Manfred starrte ihn mit grossen Augen an. Erst jetzt erzählte er ihm, dass er und Radka an jenem Tag, an welchem Radka verstarb, im Hotel Fürstenau gewesen waren und dass ihnen Herr Fürst einen hervorragenden alten Cognac offeriert hatte.

„Aber warum sollte Herr Fürst Radka vergiften?" fragte der Inspektor.

„Manfred", schaltete sich Alex ein, „ich denke, Sie sollten dem Inspektor die ganze Geschichte mit der Fotografie erzählen."

Manfred schilderte dem Inspektor, wie sie zufällig auf die Fotografie der Verwandten von Radka im Gasthof Zur Blauen Traube gestossen waren und dass sie das Foto in

Trübenbach kopiert und damals mit Herrn Fürst gesprochen hatten. Manfred informierte den Inspektor auch über die Beziehung der Familie Fürst zu den Verwandten von Radka, und dass Petra sehr zornig war, weil sie die Fotografie mitgenommen hatten. Kurze Zeit später kam das Gemälde mit den beiden Kusinen von Radkas Mutter auf den Kunstmarkt, und Radka machte durch einen Anwalt Rückforderungsansprüche geltend.

Der Inspektor hörte aufmerksam zu und machte sich immer wieder Notizen.

Als Manfred geschlossen hatte, schüttelte er den Kopf und sagte: „Eine verwirrende Geschichte. Aber es ist mir noch immer nicht klar, warum wir das Gift bei Herrn Fürst gefunden haben."

„Das verstehe ich auch nicht", meinte Alex, „aber ich muss Ihnen beiden auch noch etwas erzählen."

Alex schilderte daraufhin seinen Fund in der kleinen Kammer im Keller des Gasthofs und seine Nachforschungen über die Familie auf dem Grundbuchamt und im Biestumsarchiv in Trier.

Manfred reagierte verärgert. „Warum haben Sie mir nichts davon erzählt?" fragte er aufgebracht.

„Ich wollte es Ihnen erzählen", verteidigte sich Alex. „Aber dann starb plötzlich Radka, und zuerst hielt man dies für einen natürlich Tod. Damals hatte ich keine Ahnung, dass das Ganze einen Zusammenhang mit Radka hatte. Vorgestern, als bekannt wurde, dass Radka vergiftet worden war, haben Sie mir die Geschichte mit der Fotografie erzählt. Ich war völlig überrumpelt. Ich hatte beinahe jede Nacht Alpträume, wusste manchmal nicht mehr, was Traum und was Realität war. Dann hatte ich auch ein schlechtes Gewissen, weil ich im Keller herumspioniert und in den Archiven in Trier Nachforschungen angestellt habe. Es ging mich alles eigentlich gar nichts an. Und

Ihnen, Herr Inspektor, hatte ich auch nichts davon erzählt. Vorgestern Abend hat mir dann auch noch Hermann die Geschichte von seinem Onkel und dem Haus erzählt. Das war spät in der Nacht von vorgestern auf gestern. Und Manfred, ich habe Ihnen geraten, mit Hermann über die ganze Angelegenheit zu sprechen, denn ich wollte nicht vorgreifen."

„Warum haben Sie die ganzen Nachforschungen betrieben?" fragte der Inspektor.

„Ich weiss es selber nicht. Begonnen hat alles mit einem schrecklichen Traum und dann fand ich zufällig diese Kammer im Keller. Und dann kam eines zum anderen und ich war plötzlich mitten drin in dieser Geschichte."

„Ich verstehe noch immer nicht, was Herr Fürst damit zu tun hat. Er hatte absolut kein Motiv für den Mord an Radka. Hermann war zu jener Zeit mit einer Blutvergiftung im Krankenhaus in Trier. Nur Petra war damals in der Blauen Traube. Sie sagen, sie war sehr wütend, weil Sie das Foto mitgenommen hatten?"

„Ja, sie hat damals Radka angeschrien und sie eine Diebin genannt."

„Aha", meinte der Inspektor. „Als ich mich bei der Befragung bei Petra erkundigte, ob sie mit der Verstorbenen Streit gehabt hätte, verneinte sie."

„Na ja, das war vor zwei Monaten", meinte Manfred. „Vielleicht erinnerte sie sich nicht mehr daran. Ich bin auch nicht sicher, ob sie uns überhaupt wiedererkannt hat. Sie hat nie ein Wort über den Vorfall verloren."

„Herr Inspektor, sind Sie sicher, dass es sich beim Tod von Herrn Fürst um einen Unfall handelt?" fragte Alex.

„Eigentlich schon", antwortete der Inspektor. „Das Genick war gebrochen. Der Arzt sagte zwar, es sei selten, dass ein Sturz auf der Treppe einen Genickbruch verursache, aber Herr Fürst war schon alt und er fiel sehr unglücklich, offenbar direkt auf die Kannte einer Treppenstufe. Die Gerichtsmedizin wird dies zur Sicherheit auch noch abklären, der Bericht liegt aber noch nicht vor."

„Und warum haben Sie daraufhin sein Büro durchsucht?"

Der Inspektor schwieg einen Moment. „Ich denke, da erging es mir ähnlich wie Ihnen bei Ihren Nachforschungen. Es war ein Gefühl, das mich dazu veranlasst hat."

„Etwas habe ich vergessen, zu erwähnen", sagte Alex plötzlich. „Hermann hat mir erzählt, dass er wegen der Vergangenheit des Hauses von jemandem erpresst wird."

„Von wem?" fragte der Inspektor.

„Das hat Hermann nicht gesagt und ich habe ihn auch nicht gefragt."

„Dann sollten wir nach Grünwald fahren und Hermann dazu befragen. Zuerst möchte ich aber noch die Formalitäten für die Überführung von Frau Radka Sofer nach Frankfurt regeln", sagte der Inspektor und holte die dafür nötigen Papiere hervor. Nachdem alles abgesprochen und unterschrieben war, fuhren sie mit dem Wagen von Alex und mit jenem von Inspektor Schröder nach Grünwald.

Die riesige Eingangsfratze mit den finsteren Augen verschluckte den Inspektor, Linda, Alex und Manfred, als diese in die Gaststube der Blauen Traube hineingingen. Es war angenehm warm drinnen. Hermann sass mit Luise in der Bibliothek, als die vier eintraten.

„Ist Petra auch im Haus?" fragte der Inspektor und blickte sich um.

„Sie hat heute frei", informierte ihn Hermann.

Der Inspektor verzog ärgerlich das Gesicht. „Wissen Sie, wann sie wieder da ist?"

„Morgen früh", antwortete Hermann.

Der Leopard starrte der Gesellschaft grimmig in die Augen, ohne sich zu rühren.

„Wie Sie alle wissen, ist Herr Fürst, der Hoteleigentümer des Hotels Fürstenau, gestern bei einem unglücklichen Sturz auf der Treppe zu Tode gekommen", begann der Inspektor mit förmlichem Ton das Gespräch. „Ich habe mich daraufhin im Hotel und im Büro des Verstorbenen etwas umgesehen und habe zu meiner grossen Überraschung in einer Schublade Gift gefunden, und zwar genau das Gift, mit welchem Radka Sofer ermordet worden ist."

Der Inspektor machte eine Pause.

„Aufgrund dieser Umstände", fuhr er fort, „ist davon auszugehen, dass Herr Fürst in irgendeiner Weise an der Vergiftung von Radka beteiligt war. Da es sich um ein Gift handelt, welches erst nach einigen Stunden eine Herzlähmung verursacht, und Radka und Manfred an jenem Tag am späten Nachmittag zusammen mit Herrn Fürst dort im Hotel einen von Herrn Fürst offerierten Cognac getrunken haben, liegt der Schluss nahe, dass Herr Fürst das Gift dem Cognac von Radka beigefügt hat. Allerdings ist ein Motiv von Herrn Fürst für den Mord an Radka nicht ersichtlich."

Wieder machte der Inspektor eine Pause.

„Man hat mir erzählt, dass Sie Hermann, von jemandem wegen der Vergangenheit dieses Hauses erpresst werden. War es Herr Fürst, der Sie erpresst hat?" wandte sich der Inspektor direkt an Hermann.

„Wie kommen Sie darauf, dass ich erpresst werde?" fragte Hermann verwundert.

Überrascht blickte der Inspektor zu Alex.

„Aber Hermann, Sie selber haben mir vorgestern am späten Abend erzählt, dass Sie erpresst werden und daher eines der Bilder aus dem Keller auf die Auktion gegeben haben, um zu Geld zu kommen", sagte Alex konsterniert.

„Unsinn!" erwiderte Hermann, „ich werde von niemandem erpresst, da müssen Sie etwas falsch verstanden haben. Ausserdem habe ich kein Bild auf eine Auktion gegeben, ich besitze keine wertvollen Bilder."

„Das haben Sie mir selber gesagt! Und im Keller befinden sich eine ganze Reihe von Bildern und auch andere Wertgegenstände! Wollen Sie dies etwa auch abstreiten?"

Hermann lachte. „Ich habe keine Ahnung, wovon Sie sprechen!"

Alex war ausser sich. „Dann gehen wir jetzt alle zusammen in den Keller und schauen uns die kleine, verschlossene Kammer an." Alex stand auf.

Hermann war fassungslos. „Verschlossene Kammer? Wir können gerne in den Keller gehen, wenn Sie möchten, aber es gibt da keine verschlossene Kammer. Aber passen Sie bitte auf, wo Sie da unten hintreten, ich habe mir neulich einen rostigen Nagel in den Fuss getreten und hatte beinahe eine Blutvergiftung. Ich übernehme keine Verantwortung für Sie."

Hermann ging in die Küche, die anderen schlossen sich ihm an. Er öffnete die Tür zum Keller und ging die Stufen hinunter. Unten angelangt wandte er sich an Alex:

„Nun bin ich aber gespannt, wo sich diese Schatzkammer befindet", sagte er spöttisch.

„Das werde ich Ihnen gerne zeigen", entgegnete Alex ärgerlich, „bitte kommen Sie mit."

Alex ging voraus in den hinteren Teil des Kellers, die anderen folgten dicht hinter ihm. Dort, wo er die kleine, verschlossene Kammer gefunden hatte, fehlte die Tür. Die Kammer war offen und darin stapelten sich Blumentöpfe, Gartengeräte, alte Nachttöpfe und ein hölzerner Zuber.

„Das gibt es doch nicht!" rief Alex aufgeregt. Er ging auf Hermann zu und packte ihn an der Brust.

„Wo haben Sie die Sachen hingebracht?" schrie er wütend.

„Was soll das!" Inspektor Schröder trat dazwischen und drängte Alex zurück.

„Vielleicht hast du das alles geträumt", flüsterte Linda.

„Nichts habe ich geträumt!" schrie Alex. „Diese Kammer war mit einem Vorhängeschloss abgeriegelt und darin befanden sich verpackte Bilder, Porzellan, silberne Kerzenständer und noch vieles mehr!"

„Offenbar hat sich das alles in Luft aufgelöst", bemerkte der Inspektor lakonisch. „Hat ausser Ihnen noch jemand die vermeintlichen Gegenstände gesehen?"

Alex schüttelte den Kopf.

„Und Sie wissen nichts davon?" wandte er sich an Hermann.

„Sie sehen ja, was hier herumsteht. Das war schon immer so", sagte Hermann. „Man müsste einmal gründlich aufräumen, aber dazu fehlt mir die Zeit."

„Dann sollten wir wohl wieder nach oben gehen", meinte der Inspektor. „Oder möchten Sie noch weiter den Keller durchsuchen?" wandte er sich an Alex.

„Wozu? Offensichtlich wurde alles weggebracht", sagte er.

Als sie wieder in der Bibliothek waren, räusperte sich Manfred. „Wir haben zwar im Keller nichts gefunden, aber trotzdem wohnten in diesem Haus die beiden Kusinen von Radkas Mutter. Das steht fest und geht sowohl aus der Fotografie als auch aus dem Gemälde hervor, welches auf eine Auktion gegeben wurde."

„Und nun?" fragte der Inspektor. „Radka ist verstorben, und wie Sie mir selber erzählt haben, gibt es keine weiteren Verwandten, welche Rückforderungsansprüche geltend machen könnten. Herr Fürst, welcher möglicherweise über diese Umstände von seinen Eltern informiert war, ist tödlich verunfallt und kann uns nichts mehr sagen. Es ist zwar nicht geklärt, warum vermutlich Herr Fürst Frau Radka Sofer vergiftet hat, aber alle Umstände deuten darauf hin. Vielleicht stürzte er sich absichtlich die Treppe hinunter. Ich sehe nicht, was ich in diesem Fall weiter tun könnte und werde ihn abschliessen."

„Dann fragen Sie beim Auktionshaus nach, wer das Bild von Renoir auf die Auktion gegeben hat. Es wurde von Grünwald eingeliefert", schrie Alex.

„Beruhigen Sie sich", erwiderte der Inspektor. „Sie wissen selber, dass die Auktionshäuser die Namen der Einlieferer nicht preisgeben. Es herrscht grösste Diskretion im Kunsthandel. Nur wenn ein Verbrechen vorliegt, müssen sie uns Auskunft geben."

„Ist es etwa kein Verbrechen an den Verwandten von Radka, dass sie deportiert wurden? Dass ihr ganzes Vermögen an einen Dieb und Mörder übertragen wurde?" empörte sich nun auch Manfred.

„Frau Radka Sofer ist verstorben", sagte der Inspektor erregt. „Sie selber haben mir gesagt, dass es keine weiteren Verwandten von dieser Familie gibt. Na bitte, wer soll denn da noch Ansprüche geltend machen können? Ich versuche den Mord an Frau Sofer aufzuklären, was offenbar nicht möglich ist, weil der Hauptverdächtige tödlich verunfallt ist. Mit den verworrenen Kriegsgeschichten habe ich nichts zu tun, dies betrifft auch nicht meine Abteilung. Und einen Kläger gibt es auch nicht. Zudem hat sich die vermeintliche Schatzkammer in Luft aufgelöst. Was wollen Sie also noch von mir? Für mich ist der Fall abgeschlossen. Lassen Sie endlich die Vergangenheit ruhen."

Alex war verärgert und zugleich verunsichert. Er hatte Alpträume gehabt, das war richtig, aber alles hatte er nicht geträumt, das konnte ihm niemand einreden. Er war in dem

Kellerabteil gewesen und das sogar zweimal. Zweimal träumt man nicht dasselbe. Und das Abenteuer mit Angelika war schliesslich auch kein Traum gewesen, da war er sich sicher! Er hatte von der Deportation geträumt, richtig. Aber die Deportation hatte sich im Nachhinein durch die Erzählung von Manfred bestätigt. Auch der Vermerk im Grundbuch *Konf.n.DP/Übertr.a.EM.* machte nun Sinn und bedeutete so viel wie Konfiskation nach Deportation/Übertrag auf Ehemann, oder so ähnlich. Und der Vater der beiden Kusinen von Radka war Kunstsammler gewesen, das war auch bekannt. Aber warum stritt Hermann plötzlich alles ab? Und warum hat er die Kammer leergeräumt? Gab es nie einen Erpresser, und er hatte dies nur erfunden? Aber wozu? Oder gab es nun keinen Erpresser mehr, und dann wäre es naheliegend, dass Herr Fürst der Erpresser gewesen war?

Alex und Linda waren im Wagen nach Frankfurt unterwegs. Alex hatte sich geweigert, eine weitere Nacht in Grünwald in diesem grässlichen Haus zu verbringen und hatte den späten Abendflug nach München gebucht. Er würde nie wieder in diese Gegend fahren, hatte er sich geschworen. Seine Sitzung in Luxemburg hatte er verschoben.

„Glaubst du auch, dass ich das alles nur geträumt habe?" fragte er Linda, welche unruhig auf dem Beifahrersitz hin und her rutsche.

„Glaubst du es?" fragte sie zurück.

„Absolut nicht. Ich weiss, was ich gesehen habe."

„Aber warum will Hermann nichts davon wissen und streitet ab, dass er dir gesagt hatte, er werde erpresst?"

„Das möchte ich auch gerne wissen, vielleicht wird er nun nicht mehr erpresst."

„Du meinst, weil Herr Fürst nicht mehr lebt?" sagte Linda.

„Möglich. Wie alt schätzt du ihn?"

Ich denke, er war bestimmt achtzig oder sogar älter."

„Angenommen er ist 1920 geboren, dann wäre er nun zweiundachtzig Jahre alt gewesen. 1941 wurden die beiden Frauen deportiert und 1942 erfolgte die Übertragung auf den Ehemann von Frieda, das heisst Fürst war damals etwa einundzwanzig Jahre alt. Und was hat er uns neulich erzählt, das Hotel sei von der Wehrmacht besetzt gewesen und er selber war der persönliche Assistent eines Sturmführers. Und Hermann hatte mir erzählt, dass der „noch" Ehemann von Frieda und der Obersturmführer die Deportation der beiden Frauen veranlasst hatten. Da liegt die Wahrscheinlichkeit doch sehr nahe, dass auch Fürst etwas von diesem Händel mitbekommen hat und nun in späteren Jahren daraus Profit schlagen wollte."

„Und nun ist er tot", fügte Linda an. „Denkst du, er wurde auch umgebracht?"

„Vielleicht war es auch nur Zufall. Hermann war an jenem Abend, als Fürst die Treppe hinunterstürzte, jedenfalls nicht im Hotel Fürstenau, sondern in Grünwald in seinem Gasthof, das hat Luise dem Inspektor bestätigt."

„Vielleicht hatte er einen Helfer", wandte Linda ein.

„Der Fürst die Treppe hinuntergestossen hat? Aber der Stoss garantierte nicht, dass er dann tot ist, er könnte auch nur verletzt sein."

„Vielleicht war er schon tot, als er fiel."

„Nein Linda, er hatte keine anderen Verletzungen, nur den Genickbruch und der wurde durch den Sturz verursacht."

Linda schwieg. Sie überlegte, ob sie den blauen Lancia erwähnen sollte, welchen sie gestern Abend auf dem Parkplatz hinter dem Hotel Fürstenau bemerkt hatte. Aber es konnte irgendein Lancia sein, der irgendjemandem gehörte.

„Die ganze Angelegenheit ist himmelschreiend!" nahm Alex das Gespräch wieder auf. „Dieser Fürst hat die einzige Person, welche Rückforderungsansprüche geltend machen konnte, vergiftet. Jetzt ist er selber tot und kann für den Mord nicht zur Rechenschaft gezogen werden. Und das unrechtmässig erworbene Haus und die gesamten Wertgegenstände der beiden Kusinen von Radka bleiben im Eigentum des Verwandten von jenem mörderischen Schwiegersohn und Nazi."

„Ich fürchte, das ist kein Einzelfall", meinte sie, „weder in Deutschland noch anderswo. Trotzdem scheint es mir immer noch besser, dass Hermann das Vermögen hat und nicht der alte Fürst. Die absolute Gerechtigkeit gibt es nicht."

Trierer Zeitung

20. November 2002

War es doch Mord!

Anfang Monat erschütterte der plötzliche Tod des Hoteliers Fritz Gerhard Fürst in Trübenbach die Öffentlichkeit. Ein unglücklicher Sturz auf der Treppe im Hotel Fürstenau hatte seinen Tod verursacht, hiess es damals. Nach neusten Erkenntnissen der Gerichtsmedizin hat aber nicht der Sturz zu seinem Tod geführt, sondern möglicherweise ein gezielter Handkantenschlag auf das Genick. Die Polizei geht davon aus, dass ihm der Schlag unten an der Treppe zugefügt wurde. Ein Sturz auf der Treppe kann ausgeschlossen werden, da der Körper des Toten keinerlei blaue Flecken oder Blutergüsse aufwies. Unklar ist noch immer, wer für den Mord verantwortlich sein könnte. Von nicht genannter Seite wurde der Verdacht geäussert, dass die Lösung in der braunen Vergangenheit von Fürst zu finden wäre.

München, Dienstag 20. Mai 2003

Alex sass in seinem Büro in München und begutachtete die neuen PR-Vorschläge von Nelly für den Verkauf der Metrischen Feingewinde in Indien. Der Absatz war im letzten Jahr deutlich zurückgegangen und brauchte dringend einen neuen Impuls. Nelly hatte sich ins Zeug gelegt, und ihr Vorschlag gefiel Alex nicht schlecht. Er wollte seiner Sekretärin Bescheid geben, dass er Nelly sprechen möchte, als sein neues Smartphone klingelte. Daniel war am Apparat.

„Hallo Daniel, was verschafft mir die Ehre?" begrüsste ihn Alex.

„Etwas, das dich bestimmt interessiert!" erwiderte Daniel. „Hast du schon von der letzten Auktion gehört mit einem neuen Bild von Pierre-Auguste Renoir, eingeliefert von deinem Freund in Grünwald?"

„Das kann doch nicht wahr sein!" rief Alex.

„Ist es aber! Ich schicke dir ein Foto von dem Gemälde. Es wurde vorgestern in London für etliche Millionen versteigert."

„Also doch", murmelte Alex.

„Ich muss leider gleich wieder Schluss machen, wir sehen uns am Freitag beim gemeinsamen Nachtessen. Bis dann!"

Daniel hatte aufgelegt. Alex fingerte an seinem Smartphone herum und das Bild erschien auf der Bildfläche. Alex traute seinen Augen nicht. Habe ich also doch nicht geträumt, dachte er. Auf seinem Smartphone war ein riesiger, wunderschöner Rosenstrauss in einer dunklen Vase zu sehen. Die Farben der Rosenblüten leuchteten in Hellrosa, Altrosa und Dunkelrosa.

Am selben Abend stand Linda in ihrem Schlafzimmer vor dem Spiegel und begutachtete ihr neues Kleid aus dunkelblauem Chiffon und mit einem silbernen Band um den Hals. Das Telefon klingelte.

„Kommst du herunter, ich habe keinen Parkplatz und stehe im Halteverbot?" fragte Drago.

„Eine Minute, ich bin gleich fertig", antwortete Linda. Sie nahm einen leichten Mantel und ihre Handtasche und ging zum Lift. Nach einigem Zögern hatte sie sich schlussendlich doch entschlossen, Drago anzurufen. Er war damals im Ausland, versprach aber, Bescheid zu geben, sobald er wieder in München war. Heute hatten sie sich zum ersten Mal verabredet. Linda war ein wenig nervös. Sie trat aus dem Haus und Drago stand etwas weiter unten auf dem Gehsteig neben einem gelben Jaguar.

„Was für ein Auto!" rief Linda überrascht und strich mit der Hand über den gelben Kotflügel.

„Ein Geschenk der Gräfin", sagte Drago verlegen. Sein linker Mundwinkel zuckte. „Ich habe ihr einen Gefallen getan."

„Einen Gefallen?" Linda runzelte die Stirn. „Indem du Herrn Fürst ins Jenseits befördert hast?" fragte sie und blickte ihn scharf an.

Elsbeth Wiederkehr

Komplott in Palermo
Halluzinationen

Zwei Kriminalgeschichten

2016 Landtwing Verlag
ISBN 978-3-03808-021-3
100 Seiten, Broschiert

In *Komplott in Palermo* trifft sich eine internationale Schar von Archäologen und Juristen im Klostergebäude der Bruderschaft des heiligen Filippo Neri in Palermo. Krimineller Antikenhandel und archäologische Forschung sind die Themen des Kongresses. Eine Statuette verschwindet, ein Geheimgang verbindet das Museum mit der Kirche des Heiligen Ignatius und ein junger Archäologe wird umgebracht.

Halluzinationen zeigt Machenschaften und internen Machtkämpfe in einer Stiftung zur Förderung von kulturellem Austausch. Stiftungsräte missbrauchen die Institution für ihre persönlichen Interessen. Ein neues Mitglied kommt hinzu und lässt durch seine Skrupellosigkeit die Situation eskalieren. Ein Stiftungsrat schmiedet Rache auf Stromboli und wird dabei von seiner Vergangenheit eingeholt.

Zeitfracht Medien GmbH
Ferdinand-Jühlke-Straße 7
99095 Erfurt, Deutschland
produktsicherheit@kolibri360.de